Beignets.

350 g 1 1/2 farine
      1 c.s. pâte
      sel.
      muscade
      3 œufs.
      1/4 lait.
      1/4 Beurre fondu
      sucre.

L'Échappée belle

DU MÊME AUTEUR

CHEZ LE MÊME ÉDITEUR

*Je voudrais que quelqu'un
m'attende quelque part,* 1999.

Je l'aimais, 2002.

Ensemble, c'est tout, 2004.

La Consolante, 2008.

JEUNESSE

35 kilos d'espoir, **Bayard,** 2002.

Anna Gavalda

L'Échappée belle

le dilettante
19, rue Racine
Paris 6ᵉ

L'Échappée belle est parue hors commerce
chez France Loisirs en 2001... voici la
version revue et corrigée par l'auteur.

© le dilettante, 2009
ISBN 978-2-84263-184-0

Je n'étais pas encore assise, une fesse en l'air et la main sur la portière, que ma belle-sœur m'agressait déjà :

– Mais enfin… Tu n'as pas entendu les coups de klaxon ? Ça fait dix minutes qu'on est là !

– Bonjour, je lui réponds.

Mon frère s'était retourné. Petit clin d'œil.

– Ça va, la belle ?

– Ça va.

– Tu veux que je mette tes affaires dans le coffre ?

– Non, je te remercie. J'ai juste ce petit sac et puis ma robe… Je vais la poser sur la plage arrière.

7

– C'est ça ta robe? sourcille-t-elle en avisant le chiffon roulé en boule sur mes genoux.

– Oui.

– Que... qu'est-ce que c'est?

– Un sari.

– Je vois...

– Non, tu ne vois pas, lui fis-je remarquer gentiment, tu verras quand je le mettrai.

Petite grimace.

– On peut y aller? lance mon frère.

– Oui. Enfin, non... Tu pourras t'arrêter chez l'Arabe au bout de la rue, j'ai un truc à prendre...

Ma belle-sœur soupire.

– Qu'est-ce qui te manque encore?

– De la crème pour mes poils.

– Et tu achètes ça chez l'Arabe?

– Oh, mais j'achète tout chez mon Rachid, moi! Tout, tout, tout!

Elle ne me croit pas.

– C'est bon, là? On peut y aller?

– Oui.

– Tu ne t'attaches pas ?

Non.

– Pourquoi tu ne t'attaches pas ?

– Claustrophobie, je lui réponds.

Et avant qu'elle n'entame son couplet sur la mort du greffon et l'hôpital de Garches, j'ajoute :

– Et puis je vais dormir un peu. Je suis cassée.

Mon frère sourit.

– Tu viens de te lever ?

– Je ne me suis pas couchée, précisé-je en bâillant.

Ce qui est faux bien sûr. J'ai dormi quelques heures. Mais c'est pour énerver ma belle-sœur. Ça n'a pas loupé d'ailleurs. Et c'est ce que j'aime bien avec elle : ça ne loupe jamais.

– Où tu étais encore ? rognognotte-t-elle en levant les yeux au ciel.

– Chez moi.

– Tu faisais la fête ?

– Non, je jouais aux cartes.

– Aux cartes ?!

– Oui. Au poker.

Elle secoue la tête. Pas trop. Il y a du brushing dans l'air.

– Combien tu as perdu? s'amuse mon frère.

– Rien. Cette fois-ci, j'ai gagné.

Silence assourdissant.

– On peut savoir combien? finit-elle par craquer en ajustant ses Persol.

– Trois mille.

– Trois mille! Trois mille quoi?

– Ben… euros, fis-je naïvement, on ne va pas s'emmerder avec des roubles quand même…

Je ricanais en me roulant en boule. Je venais de lui donner du grain à moudre pour le restant du trajet, à ma petite Carine…

J'entendais les rouages de son cerveau se mettre en branle :

«Trois mille euros… tiquetiquetiquetic… Combien il fallait qu'elle en vende, elle, des shampoings secs et des comprimés d'aspirine pour gagner trois mille euros?... tiquetiquetiquetic... Plus les charges, plus la taxe professionnelle, plus les impôts locaux, plus son bail et moins la TVA... Combien de fois elle devait l'enfiler sa blouse blanche pour gagner trois mille euros *net,* elle? Et la CSG... Je pose huit et je retiens deux... Et les congés payés... font dix que je multiplie par trois... tiquetiquetic... »

Oui. Je ricanais. Bercée par le ronron de leur berline, le nez enfoui dans le creux de mon bras et les jambes repliées sous le menton. J'étais assez fière de moi parce que ma belle-sœur, c'est tout un poème.

Ma belle-sœur Carine a fait pharmacie mais préfère qu'on dise *médecine,* donc elle est pharmacienne mais préfère qu'on dise *pharmacien,* donc elle a une pharmacie mais préfère qu'on dise une *officine.*

Elle aime bien se plaindre de sa comptabilité au moment du dessert et porte une blouse de chirurgien boutonnée jusqu'au menton avec une étiquette thermocollante où son nom est écrit entre deux caducées bleus. Aujourd'hui, elle vend surtout des crèmes raffermissantes pour les fesses et des gélules au carotène parce que ça rapporte plus, mais préfère dire qu'elle a *optimisé* son *secteur para*.

Ma belle-sœur Carine est assez prévisible.

Avec ma sœur Lola, quand on a su cette aubaine-là, qu'on avait dans la famille une fournisseuse d'antirides, dépositaire Clinique et revendeuse Guerlain, on lui a sauté au cou comme des petits chiots. Oh! La belle fête qu'on lui avait réservée ce jour-là! On lui a promis qu'on viendrait toujours faire nos emplettes chez elle dorénavant et on était même prêtes à lui donner du docteur ou du professeur Lariot-Molinoux pour qu'elle nous ait à la bonne.

On était prêtes à prendre le RER pour aller la voir! Et c'est quelque chose pour Lola et moi de prendre le RER jusqu'à Poissy.

Nous, au-delà des Maréchaux, on souffre déjà...

Mais on n'a pas eu besoin d'aller jusque là-bas parce qu'elle nous a prises par le bras à la fin de ce premier déjeuner dominical et nous a confié en baissant les yeux :

« Vous savez... euh... Je ne pourrai pas vous faire de réductions parce que... euh... Si je commence avec vous, après... enfin vous comprenez... après je... après on ne sait plus où ça s'arrête, hein ? » « Même pas un petit quelque chose ? avait répliqué Lola en riant, même pas des échantillons ? » « Ah si... elle avait répondu en soupirant d'aise, si, les échantillons, si. Pas de problème. »

Et quand elle est repartie en tenant bien fort la main de notre frère pour ne pas qu'il s'envole, Lola a gourgonné, tout en leur envoyant des baisers depuis le balcon : « Eh ben ses échantillons, elle pourra se les mettre où je pense... »

J'étais bien d'accord avec elle et nous avons secoué la nappe en parlant d'autre chose.

Maintenant, on aime bien la faire tourner en bourrique avec ça. À chaque fois qu'on la voit, je lui parle de ma copine Sandrine qui est hôtesse de l'air et des réductions qu'elle peut nous obtenir grâce au duty-free.

Exemple :

– Hé, Carine... Dis un prix pour l'Exfoliant Double Générateur d'Azote à la vitamine B12 de chez Estée Lauder.

Alors là, notre Carine, elle réfléchit beaucoup. Elle se concentre, ferme les yeux, pense à son listing, calcule sa marge, déduit les taxes, et finit par lâcher :

– Quarante-cinq ?

Je me tourne vers Lola :

– Tu te souviens combien tu l'as payé ?

– Hum... pardon ? De quoi vous parlez ?

– Ton Exfoliant Double Générateur d'Azote à la vitamine B12 de chez Estée

Lauder que Sandrine t'a ramené l'autre jour?

– Eh ben quoi?

– Combien tu l'as payé?

– Oh là... Tu m'en poses de ces questions... Dans les vingt euros, je crois...

Carine répète en s'étranglant :

– Vingt euros! L'Eu-Dé-Gé-A à la vitamine B12 de chez Lauder! Tu es sûre de ça?

– Je crois...

– Non, mais à ce prix-là, c'est de la contrefaçon! Sorry, mais vous vous êtes fait avoir les filles... Ils vous ont mis de la crème Nivea dans un flacon de contrebande et le tour est joué. Je suis désolée de vous dire ça, renchérit-elle triomphante, mais c'est de la camelote votre truc! De la pure camelote!

Lola prend un air accablé :

– Tu es sûre?

– Absôôôlument sûre. Je connais les coûts de fabrication quand même! Ils n'utilisent que des huiles essentielles chez Lau...

C'est le moment où je me tourne vers ma sœur en lui demandant :

– Tu l'as pas, là ?

– De quoi ?

– Ben, ta crème…

– Non, je ne crois pas… Ah si ! Peut-être… Attendez, je vais voir dans mon sac.

Elle revient avec son flacon et le tend à l'experte.

La voilà qui chausse ses demi-lunes et inspecte l'objet du délit sous toutes les coutures. Nous la regardons en silence, suspendues à ses lèvres et vaguement angoissées.

– Alors, docteur ? se hasarde Lola.

– Si, si, c'est bien du Lauder… Je reconnais l'odeur… Et puis la texture… Le Lauder, il est très spécial comme texture. C'est incroyable… Combien tu dis que t'as payé ça ? Vingt euros ? C'est incroyable, soupire Carine en rangeant ses lunettes dans leur étui, l'étui dans la pochette Biotherm et la pochette Biotherm dans le sac Tod's. C'est incroyable… À ce niveau-là, c'est du prix coûtant. Comment tu veux qu'on s'en sorte s'ils cassent le marché comme ça? C'est de la concurrence déloyale. Ni plus ni moins. C'est... Il n'y a plus de marge alors, ils... C'est vraiment n'importe quoi. Ça me déprime, tiens...

Et, plongée dans un abîme de perplexité, elle se console en tournant longtemps son sucre sans sucre au fond de son café sans caféine.

Là, le plus difficile, c'est de garder notre sang-froid jusqu'à la cuisine, mais quand on y est enfin, on se met à glousser comme des dindes en chaleur. Si notre mère passe par là, elle se désole : « Ce que vous pouvez être mesquines toutes les deux... » et Lola répond offusquée : « Euh... pardon... Ça m'a quand même coûté soixante-douze caillasses, cette saloperie! » puis nous pouffons de nouveau en nous tenant les côtes au-dessus du lave-vaisselle.

– C'est bien, avec tout ce que tu as gagné cette nuit tu pourras participer aux frais d'essence pour une fois...

– D'essence ET de péage, dis-je en me frottant le nez.

Je ne les vois pas, mais je devine son petit sourire satisfait et ses deux mains posées bien à plat sur ses genoux serrés.

Je me déhanche pour extraire un gros billet de mon jean.

– Laisse ça, dit mon frère.

Elle couine :

– Mais, euh... Enfin, Simon, je ne vois pas pourqu...

– J'ai dit laisse ça, répète mon frère sans hausser le ton.

Elle ouvre la bouche, la referme, se tortille un peu, ouvre la bouche de nouveau, époussette sa cuisse, touche son saphir, le remet d'aplomb, inspecte ses ongles, va pour dire quelqu... se tait finalement.

Il y a de l'eau dans le gaz. Si elle la boucle, ça signifie qu'ils se sont engueulés. Si elle la boucle, ça signifie que mon frère a élevé la voix.

C'est si rare...

Mon frère ne s'énerve jamais, ne dit jamais de mal de personne, ne connaît pas la malveillance et ne juge pas son prochain. Mon frère est d'une autre planète. Un Vénusien peut-être...

Nous l'adorons. Nous lui demandons : « Mais comment tu fais pour être si calme ? » Il hausse les épaules : « Je ne sais pas. » Nous lui demandons encore : « Tu n'as jamais envie de te lâcher un peu quelquefois ? De dire des trucs bien petits, bien minables ? »

« Mais je vous ai pour ça, mes beautés... » répond-il dans un sourire angélique.

Oui, nous l'adorons. Tout le monde l'adore d'ailleurs. Nos nounous, ses institutrices, les profs, ses collègues de bureau, ses voisins... Tout le monde.

Quand nous étions petites, affalées sur la moquette de sa chambre, en train d'écouter ses disques et en lui taxant des becs pendant qu'il faisait nos devoirs, nous nous amusions à imaginer notre avenir. Nous lui prédisions :

« Toi, tu es tellement gentil que tu te feras mettre le grappin dessus par une chieuse. »

Bingo.

J'imagine bien pourquoi ils se sont engueulés. C'est probablement à cause de moi. Je pourrais reproduire leur conversation au soupir près.

Hier après-midi, j'ai demandé à mon frère s'il pouvait m'emmener. « Quelle question... » s'est-il offusqué gentiment au téléphone. Ensuite l'autre greluche a dû piquer sa crise, ça les obligeait à faire un gros détour. Mon frère a dû hausser les épaules et elle en a remis une couche. « Enfin chéri... pour le Limousin... la place Clichy ce n'est pas exactement un raccourci que je sache... »

Il a été obligé de se faire violence pour paraître ferme, ils se sont couchés fâchés et elle a dormi à l'hôtel du Cul Tourné.

Elle s'est levée de mauvaise humeur. Elle a redit devant sa chicorée bio : « Quand même, ta feignante de sœur, elle aurait pu se lever et venir jusqu'ici... Franchement, ce n'est pas son boulot qui la tue, si? »

Il n'a pas relevé. Il étudiait la carte.

Elle est allée bouder dans sa salle de bains Kaufman & Broad (je me souviens de notre première visite... Elle, une espèce d'écharpe en mousseline mauve autour du cou, virevoltant entre ses plantes vertes et commentant son Petit Trianon avec des glouglous dans la gorge : « Ici la cuisine... fonctionnelle. Ici la salle à manger... conviviale. Ici le salon... modulable. Ici la chambre de Léo... ludique. Ici la buanderie... indispensable. Ici la salle de bains... double. Ici notre chambre...

lumineuse. Ici la… » On avait l'impression qu'elle voulait nous la vendre. Simon nous avait raccompagnés jusqu'à la gare et, au moment de le quitter, nous lui avions redit : « Elle est belle ta maison… » « Oui, elle est fonctionnelle », avait-il répété en hochant la tête. Ni Lola ni Vincent ni moi n'avons prononcé la moindre parole pendant le trajet retour. Tous un peu tristes et chacun dans notre coin, nous devions probablement songer à la même chose. Que nous avions perdu notre grand frère et que la vie allait être bien plus ardue sans lui…), ensuite elle a dû regarder sa montre au moins dix fois entre leur résidence et mon boulevard, gémi à tous les feux, et quand enfin elle a klaxonné – parce que c'est elle qui a klaxonné, j'en suis sûre – je ne les ai pas entendus.

Misère de misère de misère.

Mon Simon, je suis désolée de te faire subir tout ça…

La prochaine fois, je m'organiserai autrement, je te le promets.

Je me débrouillerai mieux. Je me coucherai tôt. Je ne boirai plus. Je ne jouerai pas aux cartes.

La prochaine fois, je me stabiliserai tu sais… Mais si. J'en trouverai un. Un bon garçon. Un Blanc. Un fils unique. Un qui a le permis et la Toyota au colza.

Je vais m'en choper un qui travaille à la Poste parce que son papa travaille à la Poste et qui fait ses vingt-neuf heures sans tomber malade. Et non fumeur. Je l'ai précisé sur ma fiche Meetic. Tu ne me crois pas ? Eh ben, tu verras. Pourquoi tu te marres, idiot ?

Comme ça je ne t'embêterai plus le samedi matin pour aller à la campagne. Je dirai à mon chouchounou des PTT : « Ho ! Chouchounou ! Tu m'emmènes au mariage de ma cousine avec ton beau GPS qui fait même la Corse et les Dom-Tom ? » et hop ! l'affaire sera réglée.

Et pourquoi tu ris bêtement, là ? Tu penses que je ne suis pas assez maligne pour faire comme les autres ? Pour m'en choper un gentil avec le gilet jaune et l'autocollant Nigloland ? Un fiancé à qui j'irais acheter des caleçons Celio pendant ma pause déjeuner ? Oh oui… Rien que d'y penser, j'm'émeus déjà… Un bon bougre. Carré. Simple. Fourni avec les piles et le livret de Caisse d'Épargne.

Et qui ne se prendrait jamais la tête. Et qui ne penserait à rien d'autre qu'à comparer les prix dans les rayons avec ceux du catalogue et qui dirait : « Y a pas à tortiller chérie, la différence entre Casto et Leroy Merlin, c'est vraiment le service… »

Et qu'on passerait toujours par le sous-sol pour ne pas salir l'entrée. Et qu'on laisserait nos chaussures en bas des marches pour ne pas salir l'escalier. Et qu'on serait amis avec les voisins qui seraient si sympathiques. Et qu'on aurait un barbecue en dur et que ça serait une chance pour les enfants parce que le lotissement y serait bien sécur comme dit ma belle-sœur et que…

Ô bonheur.

C'était trop affreux. Je me suis endormie.

J'ai émergé sur le parking d'une station essence du côté d'Orléans. Bien dans le coaltar. Ensuquée et baveuse. J'avais du mal à ouvrir les yeux et mes cheveux me paraissaient étonnamment lourds. D'ailleurs je les ai même tâtés pour voir si c'étaient vraiment des cheveux.

Simon attendait devant les caisses. Carine se repoudrait.

Je me suis postée devant une machine à café.

J'ai mis au moins trente secondes avant de réaliser que je pouvais récupérer mon gobelet. J'ai l'ai bu sans sucre

et sans conviction. J'avais dû me trom-
per de bouton. Un petit goût de tomate
ce cappuccino, non?

Bouh. La journée allait être bien
longue.

Nous sommes remontés en voiture
sans échanger un mot. Carine a sorti
une lingette d'alcool de son vanity
pour se désinfecter les mains.

Carine se désinfecte toujours les
mains quand elle sort d'un lieu public.

C'est à cause de l'hygiène.

Parce que Carine, elle *voit* les
microbes.

Elle voit leurs petites pattes velues
et leur horrible bouche.

C'est la raison pour laquelle elle ne
prend jamais le métro d'ailleurs. Elle
n'aime pas les trains non plus. Elle ne
peut pas s'empêcher de penser aux
gens qui ont mis leurs pieds sur les
fauteuils et collé leurs crottes de nez
sous l'accoudoir.

Elle interdit à ses enfants de s'asseoir sur un banc ou de toucher les

rampes des escaliers. Elle a du mal à les emmener au square. Elle a du mal à les poser sur un toboggan. Elle a du mal avec les plateaux des McDonald's et elle a *beaucoup* de mal avec les échanges de cartes Pokémon. Elle déguste avec les charcutiers qui ne portent pas de gants et les petites vendeuses qui n'ont pas de pince pour lui servir son croissant. Elle souffre avec les goûters communs de l'école et les sorties de piscine où tous les gamins se donnent la main avant de s'échanger leurs mycoses.

Vivre, pour elle, est une occupation harassante.

Moi, ça me gêne beaucoup cette histoire de lingettes désinfectantes.

Toujours percevoir l'autre comme un sac de microbes. Toujours regarder ses ongles en lui serrant la main. Toujours se méfier. Toujours se planquer derrière son écharpe. Toujours mettre ses gosses en garde.

Touche pas. C'est sale.

Ôte tes mains de là.

Ne partage pas.

Ne va pas dans la rue.

Ne t'assieds pas par terre ou je t'en colle une !

Toujours se laver les mains. Toujours se laver la bouche. Toujours pisser en équilibre dix centimètres au-dessus de la lunette et embrasser sans y poser les lèvres. Toujours juger les mamans à la couleur des oreilles de leurs mômes.

Toujours.

Toujours juger.

Ça ne sent pas bon du tout ce truc-là. D'ailleurs, dans la famille de Carine, on a vite fait de se déboutonner au milieu du repas et de parler des Arabes.

Le père de Carine, il dit les *crouilles*.

Il dit : « Je paie des impôts pour que les crouilles fassent dix gamins. »

Il dit : « J'te foutrais ça dans un bateau, et je te torpillerais toute cette vermine, moi... »

Il aime bien dire aussi : « La France est un pays d'assistés et de bons à rien. Les Français sont tous des cons. »

Et souvent, il conclut comme ça : « Moi, je travaille les six premiers mois de l'année pour ma famille et les six autres pour l'État, alors qu'on ne vienne pas me parler des pauvres et des chômeurs, hein ?! Moi je travaille un jour sur deux pour que Mamadou puisse engrosser ses dix négresses alors qu'on ne vienne pas me faire des leçons de morale ! »

Je pense à un déjeuner en particulier. Je n'aime pas m'en souvenir. C'était le baptême de la petite Alice. Nous étions réunis chez les parents de Carine près du Mans.

Son père est gérant d'un Casino (les petits pois, pas le terrain de jeu) et c'est en le voyant au bout de son allée pavée, entre son lampadaire en ferronnerie d'art et sa belle Audi, que j'ai vraiment compris le sens du mot *fat*. Ce mélange de bêtise et d'arrogance.

Cet inébranlable contentement de soi-même. Ce cachemire bleu ciel tendu sur ce gros ventre et cette façon étrange – si chaleureuse – de vous tendre la main en vous haïssant déjà.

J'ai honte en pensant à ce déjeuner. J'ai honte et je ne suis pas la seule. Lola et Vincent ne sont pas fiers non plus, j'imagine…
Simon n'était pas là quand la conversation a dégénéré. Il était au fond du jardin et construisait une cabane à son fils.
Il doit avoir l'habitude, lui. Il doit savoir qu'il vaut mieux s'éloigner du gros Jacquot quand il se débraguette.

Simon est comme nous : il n'aime pas les engueulades de fin de banquet, redoute les conflits et fuit les rapports de force. Il prétend que c'est de l'énergie mal employée et qu'il faut garder ses forces pour des combats plus intéressants. Que les gens comme son beau-père sont des batailles perdues d'avance.

Et quand on lui parle de la montée de l'extrême droite, il secoue la tête : « Bah... C'est la vase au fond du lac. C'est obligé, c'est humain. N'y touchons pas, ça la fait remonter à la surface. »

Comment supporte-t-il ces déjeuners familiaux ? Comment fait-il pour aider son beau-père à couper sa haie ?
Il pense aux cabanes de Léo.
Il pense au moment où il prendra son petit garçon par la main et s'enfoncera avec lui dans les sous-bois silencieux.

J'ai honte car nous nous sommes écrasés ce jour-là.
Nous nous sommes *encore* écrasés. Nous n'avons pas relevé les propos de cet épicier enragé qui ne verra jamais plus loin que son lointain nombril.
Nous ne l'avons pas contredit. Nous ne nous sommes pas levés de table. Nous avons continué de mastiquer lentement chaque bouchée en nous

contentant de penser que ce type était un connard et en tirant fort sur toutes les coutures pour tâcher de nous draper encore dans ce qui nous tenait lieu de dignité.

Pauvres de nous. Si lâches, si lâches...

Pourquoi sommes-nous ainsi tous les quatre ? Pourquoi les gens qui crient plus fort que les autres nous impressionnent-ils ? Pourquoi les gens agressifs nous font-ils perdre nos moyens ?

Qu'est-ce qui ne va pas chez nous ? Où s'arrête la bonne éducation et où commence la veulerie ?

Nous en avons souvent parlé. Nous avons tant battu notre coulpe devant des croûtes de pizzas et des cendriers de fortune. Nous n'avons besoin de personne pour nous appuyer sur la nuque. Nous sommes assez grands pour la courber seuls et quel que soit le nombre de bouteilles vides, nous en arrivons toujours à la même conclusion. Que si nous sommes ainsi, silencieux et déterminés mais toujours impuissants face aux cons, c'est justement parce que nous n'avons pas la moindre parcelle de confiance en nous. Nous ne nous aimons pas.

Pas personnellement, j'entends.

Nous ne nous accordons pas tellement d'importance.

Pas assez pour postillonner sur le gilet du père Molinoux. Pas assez pour croire une seconde que nos cris d'orfraie pourraient infléchir la courbe de ses pensées. Pas assez pour espérer que nos mouvements de dégoût, nos serviettes jetées sur la table et nos chaises renversées puissent changer de quelque manière que ce soit la marche du monde.

Qu'aurait-il pensé ce brave contribuable en nous regardant nous agiter ainsi et quitter son logis la tête haute? Il aurait simplement gavé sa femme toute la soirée en répétant :

« Quels petits cons. Non mais, quels petits cons. Non mais, vraiment, quels petits cons... »

Pourquoi imposer cela à cette pauvre femme?

Qui sommes-nous pour gâcher la fête de vingt personnes?

On peut aussi dire que ce n'est pas de la lâcheté. On peut aussi admettre que c'est de la sagesse. Admettre que nous savons prendre du recul. Que nous n'aimons pas marcher dans la merde. Que nous sommes plus honnêtes que tous ces gens qui moulinent sans cesse et n'irriguent nulle part.

Oui, c'est ainsi que nous nous réconfortons. En nous rappelant que nous sommes jeunes et déjà trop lucides. Que nous nous tenons à mille coudées au-dessus de la fourmilière et que la bêtise ne nous atteint pas tant que ça. Nous nous en moquons. Nous avons autre chose. Nous avons nous. Nous sommes riches autrement.

Il suffit de se pencher à l'intérieur.

Il y a plein de choses dans notre tête. Plein de choses très éloignées de ces borborygmes racistes. Il y a la musique et les écrivains. Des chemins, des mains, des tanières. Des bouts d'étoiles filantes recopiés sur des reçus de carte bleue, des pages arrachées, des souvenirs heureux et des souvenirs affreux. Des chansons, des refrains sur le bout de nos langues. Des messages archivés, des livres masqués, des oursons à la guimauve et des disques rayés. Notre enfance, nos solitudes, nos premiers émois et nos projets d'avenir. Toutes ces heures de guet et toutes ces portes tenues. Les flip-flap de Buster Keaton. La lettre d'Armand Robin à la Gestapo et le bélier des nuages de Michel Leiris. La scène où Clint Eastwood se retourne en disant *Oh… and don't kid yourself Francesca…* et celle où Nicola Carati soutient ses malades suppliciés au procès de leur bourreau. Les bals du 14 Juillet à Villiers. L'odeur des coings dans la cave. Nos grands-parents, le sabre de Monsieur Racine, sa cuirasse luisante, nos fantasmes de provinciaux et nos veilles d'examen.

L'imperméable de Mam'zelle Jeanne quand elle monte derrière Gaston sur sa moto. *Les Passagers du vent* de François Bourgeon et les premières lignes du livre d'André Gorz à sa femme que Lola m'a lues hier soir au téléphone alors que nous venions encore de saquer l'amour pendant une plombe : « Tu vas avoir quatre-vingt-deux ans. Tu as rapetissé de six centimètres, tu ne pèses que quarante-cinq kilos et tu es toujours belle, gracieuse et désirable. » Marcello Mastroianni dans *Les Yeux noirs* et les robes de Cristóbal Balenciaga. L'odeur de poussière et de pain sec des chevaux, le soir, quand nous descendions du car. Les Lalanne dans leurs ateliers séparés par un jardin. La nuit où nous avons repeint la rue des Vertus et celle où nous avons glissé une peau de hareng sous la terrasse du restaurant où travaillait cet âne bâté de Poêle Tefal. Et ce trajet, allongés sur des cartons à l'arrière d'une camionnette, pendant que Vincent nous lisait tout *L'Établi* à haute voix. La tête de Simon quand il a entendu Björk pour la première fois de sa vie et Monteverdi sur le parking du Macumba.

Toutes ces bêtises, tous ces remords, et nos bulles de savon à l'enterrement du parrain de Lola...

Nos amours perdues, nos lettres déchirées et nos amis au téléphone. Ces nuits mémorables, cette manie de toujours tout déménager et celui ou celle que nous bousculerons demain en courant après un autobus qui ne nous aura pas attendus.

Tout ça et plus encore.

Assez pour ne pas s'abîmer l'âme.

Assez pour ne pas essayer de discuter avec les abrutis.

Qu'ils crèvent.

Ils crèveront de toute façon.

Ils crèveront seuls pendant que nous serons au cinéma.

Voilà ce qu'on se dit pour se consoler de n'être pas partis ce jour-là.

On se rappelle aussi que tout ça, cette apparente indifférence, cette discrétion, cette faiblesse aussi, c'est la faute de nos parents.

De leur faute, ou grâce à eux.

Parce que ce sont eux qui nous ont appris les livres et la musique. Ce sont eux qui nous ont parlé d'autre chose et qui nous ont forcés à voir autrement. Plus haut, plus loin. Mais ce sont eux aussi qui ont oublié de nous donner la confiance. Ils pensaient que ça viendrait tout seul. Que nous étions un peu doués pour la vie et que les compliments nous gâcheraient l'ego.

Raté.

Ça n'est jamais venu.

Et maintenant nous sommes là. Sublimes toquards. Silencieux face aux excités avec nos coups d'éclat manqués et notre vague envie de vomir.

Trop de crème pâtissière peut-être...

Un jour, je me souviens, nous étions en famille sur une plage près d'Hossegor

– et c'était rare que nous soyons en famille quelque part, parce que la Famille avec un grand F majuscule, ça n'a jamais été exactement pour nous – notre Pop (notre papa n'a jamais voulu qu'on l'appelle Papa et, quand les gens s'en étonnaient, nous répondions que c'était à cause de mai soixante-huit. Ça nous plaisait bien comme explication, « Mai 68 », c'était comme un code secret, c'était comme si on disait « C'est parce qu'il vient de la planète Zorg »), notre Pop, donc, a dû lever le nez de son livre et il a dit :

« Les enfants, vous voyez cette plage ?

(La Côte d'Argent, vous voyez comme plage ?)

Eh bien, vous savez ce que vous êtes, vous, dans l'univers ?

(Oui ! Des privés de Chichis !)

Vous êtes ce grain de sable. Juste ce grain, là. Rien de plus. »

Nous l'avons cru.
Tant pis pour nous.

– Qu'est-ce que ça sent? s'inquiète Carine.

J'étais en train d'étaler la pâte de Madame Rachid sur mes jambes.

– Mais que… qu'est-ce que c'est que ce truc?!

– Je ne sais pas. Je crois que c'est du miel ou du caramel mélangé avec de la cire et des épices…

– Quelle horreur! C'est vraiment dégoûtant. Et tu fais ça ici, toi?

– Bien obligée… Je ne vais pas y aller comme ça. On dirait un yéti.

Ma belle-sœur s'est retournée en soupirant.

– Tu fais attention aux fauteuils quand même… Simon, coupe la clim que j'ouvre ma fenêtre.

… *s'il te plaît,* ai-je ajouté entre mes dents.

Madame Rachid avait enveloppé ce gros loukoum dans un tissu humide. « Riviens mi voir la prochaine fois. Riviens mi voir qui ji m'occupe di toi.

Qui ji m'occupe di ton pitit jardin d'amour. Ti verras comme il sira ton homme quand ji t'aurai tout enlevé, il sira comme un fou avec toi et ti pourras lui dimander tout ci que ti vo... » m'avait-elle assuré dans un clin d'œil.

Je souriais. Pas trop. Je venais de faire une tache sur l'accoudoir et jonglais avec mes Kleenex. Quel merdier.

— Et tu vas t'habiller dans la voiture aussi?
— On s'arrêtera un peu avant... Hein, Simon? Tu me trouveras bien un petit chemin?
— Qui sent la noisette?
— J'espère bien!

— Et Lola? demande encore Carine.
— Lola, quoi?
— Elle vient?
— Je ne sais pas.
— Tu ne sais pas? sursauta-t-elle.
— Non. Je ne sais pas.

– C'est incroyable... Avec vous, personne ne sait jamais. C'est toujours la même chose. C'est toujours le grand flou artistique. Vous ne pouvez pas vous organiser un peu de temps en temps ? Au moins un minimum ?

– Je l'ai eue hier au téléphone, fis-je sèchement. Elle n'était pas très en forme et ne savait pas encore si elle venait.

– Tu m'étonnes...

Oh, que je n'aimais pas ce petit ton condescendant...

– Qu'est-ce qui t'étonne ? grinçai-je.

– Oh là ! Rien. Rien ne m'étonne plus avec vous ! Et puis si Lola est comme ça, c'est aussi de sa faute. C'est ce qu'elle a voulu, non ? Elle a quand même le chic pour se retrouver dans des galères pas possibles. On n'a pas idée de...

Je voyais le front de Simon se plisser dans le rétroviseur.

– Enfin, moi, ce que j'en dis, hein...

Oui. Exactement. Ce que t'en dis, hein...

– Le problème avec Lo...

– Stop, l'explosai-je en plein vol, stop. J'ai pas assez dormi, là... Une autre fois.

Elle a pris son air excédé :

– De toute façon, on ne peut jamais rien dire dans cette famille. Dès qu'on fait la moindre remarque les trois autres vous tombent dessus avec un couteau sous la gorge, c'est ridicule.

Simon cherchait mon regard.

– Et ça te fait sourire, toi ? Ça vous fait sourire, tous les deux ! C'est vraiment n'importe quoi. C'est puéril. On peut quand même avoir un avis, non ? Comme vous ne voulez rien entendre, on ne peut rien dire et comme personne ne dit jamais rien, vous restez intouchables. Vous ne vous remettez jamais en cause. Moi, je vais vous dire ce que j'en pense...

Mais on s'en tape de ce que t'en penses, ma chérie !

– Je pense que cette espèce de pro-
tectionnisme, ce côté « on fait bloc et
on vous emmerde » ne vous rend pas
service. Ce n'est absolument pas constructif.

– Mais *qu'est-ce* qui est constructif
en ce bas monde, ma petite Carine ?

– Oh et ça aussi, pitié. Arrêtez deux
minutes avec votre philosophie de
Socrates désabusés. Ça devient pathé-
tique à votre âge. Dis donc, t'as fini là,
avec ton mastic, parce que c'est vraiment ignoble ce machin…

– Oui, oui… la rassurai-je en roulant
ma boule sur mes petits mollets blancs,
j'y suis presque.

– Et tu ne te mets pas une crème
après ? Là, tes pores sont choqués, il
faut que tu les réhydrates maintenant
sinon tu vas avoir des points rouges
jusqu'à demain.

– Zut, j'ai rien pris…

– Tu n'as pas de crème de soin ?

– Non.

– Ni de crème de jour ?

– Non.

– Ni de crème de nuit?

– Non.

– Tu n'as rien?

Elle était horrifiée.

– Si. J'ai une brosse à dents, du dentifrice, de *L'Heure Bleue*, des préservatifs, du mascara et un tube de Labello rose.

Elle était ébranlée.

– C'est tout ce que tu as dans ta trousse de toilette?

– Euh… C'est dans mon sac. Je n'ai pas de trousse de toilette.

Elle a soupiré, est partie en mode forage dans son vanity et m'a tendu un gros tube blanc.

– Tiens, mets-toi ça quand même…

Je lui ai dit merci dans un vrai sourire. Elle était contente. C'est une super chieuse c'est vrai, mais elle aime bien faire plaisir. On peut lui reconnaître cette qualité quand même…

Et puis elle n'aime pas laisser des pores sous le choc. Ça lui fend le cœur.

Au bout d'un moment elle a ajouté :

– Garance?

– Mmmm...

– Tu sais ce que je trouve de profondément injuste?

– Les marges de Marionn...

– Eh bien c'est que tu seras belle quand même. Avec juste un peu de brillant à lèvres et une trace de Rimmel, tu seras belle. Ça me fait mal de te le dire, mais c'est la vérité...

Je n'en revenais pas. C'était la première fois depuis des années qu'elle me disait quelque chose de gentil. Je l'aurais presque embrassée, mais elle m'a calmée aussitôt :

– Hé! Tu me finis tout mon tube, là! C'est pas du L'Oréal, je te signale.

C'est ma Carine tout craché, ça... De peur d'être prise en flagrant délit de faiblesse, elle t'envoie systématiquement une petite pique après la caresse.

Dommage. Elle se prive de plein de bons moments. C'eût été un bon moment pour elle si je m'étais jetée à son cou sans crier gare. Un gros baiser nu entre deux camions… Mais non. Il faut toujours qu'elle gâche tout.

Souvent je me dis que je devrais la prendre en stage chez moi quelques jours pour lui apprendre la vie.

Qu'elle baisse enfin la garde, qu'elle se lâche, qu'elle tombe la blouse et oublie les minimes des autres.

Ça me chagrine de la savoir comme ça, sanglée dans ses préjugés et incapable de tendresse. Et puis je me souviens qu'elle a été élevée par les sémillants Jacques et Francine Molinoux au fond d'une impasse dans la banlieue résidentielle du Mans et je me dis que, tout compte fait, elle ne s'en tire pas si mal…

La trêve n'a pas duré et Simon en a pris pour son grade :

– Ne roule pas si vite. Verrouille-nous, on s'approche du péage. Qu'est-ce que c'est que cette radio ? Je n'ai pas dit vingt à l'heure quand même. Pourquoi tu as baissé la clim ? Attention aux motards. Tu es sûr d'avoir pris la bonne carte? On peut lire les panneaux, s'il te plaît? C'est idiot, l'essence était sûrement moins chère là-bas... Attention dans les virages, tu vois bien que je me fais les ongles! Mais... Tu le fais exprès ou quoi?

J'aperçois la nuque de mon frère dans le creux de son appuie-tête. Sa belle nuque droite et ses cheveux coupés ras.

Je me demande comment il supporte ça et s'il ne rêve pas quelquefois de l'attacher à un arbre et de démarrer en trombe.

Pourquoi lui parle-t-elle si mal? Sait-elle seulement à qui elle s'adresse? Sait-elle que l'homme assis à ses côtés était un dieu des modèles réduits? Un as du Meccano? Un génie des Lego System?

Un petit garçon patient qui a mis plusieurs mois à construire une planète délirante avec du lichen séché pour faire le sol et des bestioles hideuses fabriquées en mie de pain et roulées dans de la toile d'araignée?

Un petit gars têtu qui participait à tous les concours et les gagnait presque tous : Nesquik, Ovomaltine, Babybel, Caran d'Ache, Kellogg's et Club Mickey?

Une année, son château de sable était si beau que les membres du jury l'ont disqualifié en l'accusant de s'être fait aider. Il a pleuré tout l'après-midi et notre grand-père a dû l'emmener dans une crêperie pour le consoler. Là, il a bu trois bolées de cidre d'affilée.

Sa première cuite.

Réalise-t-elle que son bon toutou de mari a porté jour et nuit et pendant des mois une cape de Superman en satin rouge qu'il pliait consciencieusement dans son cartable chaque fois qu'il franchissait les grilles de l'école? Le seul garçon qui savait réparer la photocopieuse de la mairie. Et le seul aussi qui ait jamais vu la culotte de Mylène Carois, la fille de la boucherie Carois et fils. (Il n'avait pas osé lui dire que ça ne l'intéressait pas tellement.)

Simon Lariot, le discret Simon Lariot, qui a toujours mené son petit bonhomme de chemin avec grâce et sans embêter personne.

Qui ne s'est jamais roulé par terre, qui n'a jamais rien exigé, qui ne s'est jamais plaint. Qui a réussi ses années de prépa et son entrée à l'École des mines sans grincement de dents et sans Ténormine. Qui n'a pas voulu fêter ça et a rougi jusqu'aux oreilles quand la directrice du lycée Stendhal l'a embrassé dans la rue pour le féliciter.
Le même grand garçon qui peut rire bêtement pendant vingt minutes montre en main quand il tire sur un joint et qui connaît *toutes* les trajectoires de *tous* les vaisseaux de *Star Wars*.
Je ne dis pas que c'est un saint, je dis qu'il est mieux que ça.

Alors pourquoi ? Pourquoi se laisse-t-il ainsi marcher sur les pieds ? Mystère. Mille fois, j'ai voulu le secouer, lui ouvrir les yeux et lui demander de frapper du poing sur la table. Mille fois.

Un jour Lola a essayé. Il l'a envoyée bouler et lui a rétorqué que c'était sa vie.

C'est vrai. C'est sa vie. Mais c'est nous qui sommes tristes.

C'est idiot d'ailleurs. On a bien assez de travail comme ça dans nos propres plates-bandes...

C'est avec Vincent qu'il parle le plus. À cause d'Internet. Ils s'écrivent tout le temps, s'envoient des blagues débiles et des adresses de sites pour trouver des vinyles, des guitares d'occasion ou des amateurs de maquettes. Ainsi, Simon s'est déniché un super ami dans le Massachusetts avec lequel il échange des photos de leurs bateaux télé-commandés respectifs. Ce dernier s'appelle Cecil (Sisseul) W. (Deubeulyou) Thurlinghton et habite une grande maison sur l'île de Martha's Vineyard.

Avec Lola, on trouve ça super chic... Martha's Vineyard... « Le berceau des Kennedy », comme ils disent dans *Paris Match*.

On rêve de prendre l'avion et d'approcher la plage privée de Cecil en criant : « *Youhou! We are Simon's sisters! Darling Cécile! We are so very enchantède!* »

On l'imagine avec un blazer bleu marine, un pull en coton vieux rose sur les épaules et un pantalon en lin crème. Une vraie pub pour Ralph Lauren.

Quand on menace Simon d'un tel déshonneur, il perd un peu de son flegme.

— On dirait que tu le fais exprès! Je viens encore de déborder!

— Mais enfin, combien de couches tu te mets? finit-il par s'inquiéter.

— Trois.

— Trois couches?

— La base, la couleur et le fixateur.

— Ah...

— Attention, mais préviens-moi quand tu freines!

Il lève les sourcils. Non. Pardon. Un seul sourcil.

À quoi pense-t-il quand il lève ainsi son sourcil droit?

Nous avons mangé un sandwich caoutchouteux sur une aire d'autoroute. Un truc infâme. Je préconisais plutôt un petit plat du jour chez un routier mais ils ne « savent pas laver la salade ». C'est vrai. J'oubliais. Donc trois sandwichs sous vide. (Beaucoup plus hygiénique.)

« Ce n'est pas bon, mais au moins, on sait ce qu'on mange ! »

C'est un point de vue.

Nous étions assis à l'extérieur à côté des bennes à ordures. On entendait des « brrrrrammm » et des « brrrrroummm » toutes les deux secondes mais je voulais fumer une cigarette et Carine ne supporte pas l'odeur du tabac.

– Il faut que j'aille aux toilettes, annonça-t-elle en prenant un air douloureux. Ça ne doit pas être le grand luxe ici...

– Pourquoi tu ne vas pas dans l'herbe ? lui demandai-je.

– Devant tout le monde ? Tu es folle !

– Tu n'as qu'à aller un peu plus loin. Je viens avec toi si tu veux...

– Non.

– Pourquoi, non ?

– Je vais salir mes chaussures.

– Oh... mais... Qu'est-ce que ça peut faire pour trois petites gouttes ?

Elle s'était levée sans daigner me répondre.

– Tu sais, Carine, déclarai-je solennellement, le jour où tu aimeras faire pipi dans l'herbe, tu seras beaucoup plus heureuse.

Elle a pris ses lingettes.

– Tout va très bien, je te remercie.

Je me suis tournée vers mon frère. Il fixait les champs de maïs comme s'il essayait de compter chaque épi. Il n'avait pas l'air très en forme.

– Ça va ?

– Ça va, répondit-il sans se retourner.
– Ça n'a pas l'air...
Il se frottait le visage.
– Je suis fatigué.
– De quoi?
– De tout.
– Toi? Je ne te crois pas.
– Et pourtant c'est vrai...
– C'est ton boulot?
– Mon boulot. Ma vie. Tout.
– Pourquoi tu me dis ça?
– Pourquoi je ne te le dirais pas?

Il me tournait de nouveau le dos.
– Oh! Simon! Mais qu'est-ce que tu nous fais, là? Hé, t'as pas le droit de parler comme ça. C'est toi le héros de la famille, je te rappelle!
– Eh ben justement... Il est fatigué le héros.

J'en étais sur le cul. C'était la première fois que je le voyais à la dérive.
Si Simon se mettait à douter, alors où allions-nous?

À ce moment-là, et je dis que c'est un miracle, et j'ajoute que ça ne m'étonne pas, et j'embrasse le saint patron des frères et sœurs qui veille sur nous depuis bientôt trente-cinq ans et qui n'a pas chômé le brave homme, son portable a sonné.

C'était Lola qui s'était finalement décidée et lui demandait s'il pouvait passer la prendre à la gare de Châteauroux.

Le moral est revenu aussitôt. Il a glissé son portable dans sa poche et m'a demandé une cigarette. Carine est revenue en s'astiquant jusqu'aux coudes. Elle lui a rappelé le nombre exact des victimes du cancer du... Il a fait un petit geste de la main comme s'il voulait chasser une mouche et elle s'est éloignée en toussotant.

Lola allait venir. Lola serait avec nous. Lola ne nous avait pas lâchés et le reste du monde pouvait bien s'évanouir.

Simon avait mis ses lunettes de soleil.

Il souriait.

Sa Lola était dans le train...

Il y a quelque chose de spécial entre eux deux. D'abord ce sont les plus rapprochés, dix-huit mois d'écart, et puis ils ont vraiment été *enfants* ensemble.

Les 400 coups c'était toujours eux. Lola avait une imagination délirante et Simon était docile (déjà...), ils se sont enfuis, ils se sont perdus, ils se sont battus, ils se sont martyrisés et ils se sont réconciliés. Maman raconte qu'elle l'asticotait continuellement, qu'elle venait toujours l'emmerder dans sa chambre en lui arrachant son livre des mains ou en shootant dans ses Playmobil. Ma sœur n'aime pas qu'on lui rappelle ces faits d'armes (elle a l'impression d'être mise dans le même panier que Carine!), du coup notre mère se sent obligée de rectifier le tir et d'ajouter qu'elle était toujours partante pour bouger, pour inviter tous les gamins alentour et inventer des tas de nouveaux jeux. Que c'était une espèce de cheftaine cool qui turbinait à mille idées la minute et veillait sur son grand frère comme une poule ombrageuse. Qu'elle lui confectionnait des gloubiboulga au Benco et qu'elle venait le chercher au milieu de ses Lego quand c'était l'heure de Goldorak ou d'Albator.

Lola et Simon ont connu la Grande Époque. Celle de Villiers. Quand nous habitions tous au fin fond de la cambrousse et que les parents étaient heureux ensemble. Pour eux, le monde commençait devant la maison et s'arrêtait au bout du village.

Ensemble, ils ont détalé devant des taureaux qui n'en étaient pas et visité des maisons hantées pour de vrai.

Ils ont tiré sur la sonnette de la mère Margeval jusqu'à ce qu'elle soit mûre pour l'asile et détruit des pièges, ils ont pissé dans les lavoirs, trouvé les magazines cochons du maître, volé des pétards, allumé des mammouths et pêché des petits chats qu'un salaud avait enfermés vivants dans un sac en plastique.

Boum. Sept chatons d'un coup. C'est not' Pop qui était content!

Et le jour où le Tour de France est passé dans le village... Ils sont allés acheter cinquante baguettes et ont vendu des sandwichs à tour de bras. Avec les sous, ils se sont acheté des farces et attrapes, soixante Malabar, une corde à sauter pour moi, une petite trompette pour Vincent (déjà!) et le dernier *Yoko Tsuno*.

Oui, c'était une autre enfance... Eux savaient ce qu'était une dame de nage, fumaient des lianes et connaissaient le goût des groseilles à maquereau. D'ailleurs, l'événement qui les a le plus marqués a été consigné en secret derrière la porte de la remise :

« *Aujourdui le 8 ar avril on a vu l'abé en chorte* »

Et puis ils ont vécu ensemble le divorce des parents. Vincent et moi étions trop petits. Nous, on a vraiment réalisé l'arnaque le jour du déménagement. Eux, au contraire, ont eu l'occasion de profiter pleinement du spectacle. Ils se relevaient la nuit et allaient s'asseoir côte à côte en haut de l'escalier pour les entendre « se discuter ». Un soir, Pop a fait tomber l'énorme armoire de la cuisine et Maman est partie avec la voiture.

Ils suçaient leur pouce dix marches plus haut.

C'est idiot de raconter tout ça, leur complicité tient à beaucoup plus qu'à ce genre de moments un peu lourds. Mais enfin…

C'est tout à fait différent pour Vincent et moi. Nous, on a été minots à la ville. Moins de vélo et plus de télé… On était incapables de coller une rustine mais on savait comment gruger les contrôleurs, entrer dans les cinémas par la sortie de secours ou réparer une planche de skate.

Et puis Lola est partie en pension et il n'y a plus eu personne pour nous souffler des idées de bêtises et nous courser dans le jardin...

Nous nous écrivions toutes les semaines. Elle était ma grande sœur chérie. Je l'idéalisais, je lui envoyais des dessins et lui écrivais des poèmes. Quand elle rentrait, elle me demandait si Vincent s'était bien comporté pendant son absence. Bien sûr que non, lui répondais-je, bien sûr que non. Et je racontais dans le détail toutes les infamies dont j'avais été la victime la semaine passée. À ce moment-là, et à ma grande satisfaction, elle le traînait jusque dans la salle de bains pour le cravacher.

Plus mon frère hurlait, mieux je bichais.

Et puis un jour, pour que ce soit meilleur encore, j'ai voulu le voir souffrir. Et là, horreur, ma sœur donnait des coups de cravache dans un polochon pendant que Vincent beuglait en rythme et en lisant un

Boule et Bill. Ce fut une affreuse déception. Ce jour-là, Lola est tombée de son piédestal.

Ce qui s'avéra être une bonne chose. Nous étions désormais à la même hauteur.

Aujourd'hui elle est ma meilleure amie. Ce truc à la Montaigne et La Boétie, vous savez... Parce que c'était elle, parce que c'était moi. Et que cette jeune femme de trente-deux ans soit ma sœur aînée est tout à fait anecdotique. Disons un petit plus dans la mesure où nous n'avons pas perdu de temps à nous trouver.

À elle *Les Essais*, les super théories, que l'on est puny pour s'opiniaster et que philosopher c'est apprendre à mourir. À moi le *Discours de la servitude volontaire*, les abus infinis et tous ces tyrans qui ne sont grands que parce que nous sommes à genoux. À elle la vraye cognoissance, à moi les tribunaux. À nous deux l'impression d'estre la moitié de tout et que l'une sans l'autre ne serait plus qu'à demy.

Nous sommes bien différentes pourtant... Elle a peur de son ombre, je m'assois dessus. Elle recopie des sonnets, je télécharge des samples. Elle admire les peintres, je préfère les photographes. Elle ne dit jamais ce qu'elle a sur le cœur, je dis tout ce que je pense. Elle n'aime pas les conflits, j'aime que les choses soient bien claires. Elle aime être « un peu pompette », je préfère boire. Elle n'aime pas sortir, je n'aime pas rentrer. Elle ne sait pas s'amuser, je ne sais pas me coucher. Elle n'aime pas jouer, je n'aime pas perdre. Elle a des bras immenses, j'ai la bonté un peu échaudée. Elle ne s'énerve jamais, je pète les plombs.

Elle dit que le monde appartient à ceux qui se lèvent tôt, je la supplie de parler moins fort. Elle est romantique, je suis pragmatique. Elle s'est mariée, je papillonne. Elle ne peut pas coucher avec un garçon sans être amoureuse, je ne peux pas coucher avec un garçon sans préservatif. Elle... Elle a besoin de moi et j'ai besoin d'elle.

Elle ne me juge pas. Elle me prend comme je suis. Avec mon teint gris et mes idées noires. Ou avec mon teint rose et mes idées bouton-d'or. Lola sait ce que c'est qu'une grosse envie de caban ou de talons hauts. Elle comprend le plaisir qu'il y a à faire chauffer une carte de crédit et à culpabiliser à mort dès qu'elle a refroidi. Lola me gâte. Elle tient le rideau quand je suis dans la cabine d'essayage, me dit toujours que je suis belle et que non, pas du tout, ça ne me fait pas un gros cul. Elle me demande à chaque fois comment vont mes amours et fait la moue quand je lui parle de mes amants.

Quand nous ne nous sommes pas vues depuis longtemps, elle m'emmène dans une brasserie, chez Bofinger ou au Balzar pour regarder les garçons. Je me concentre sur ceux des tables voisines et elle, sur les serveurs. Elle est fascinée par ces grands dadais en gilet cintré. Elle les suit du regard, leur invente des destins à la Sautet et dissèque leurs manières stylées. Le truc rigolo, c'est qu'il arrive toujours un moment où l'on en voit un passer dans l'autre sens à la fin de son service. Il ne ressemble plus à rien. Le jean ou le bas de survêt' a remplacé le grand tablier blanc et il salue ses collègues en les apostrophant vulgairement :

– Salut Bernard !

– Salut Mimi. On t'voit d'main ?

– C'est ça. Espère, mon con.

Lola baisse les yeux et sauce son assiette avec les doigts. Adieu veaux, vaches, cochons, Paul, François et les autres...

Nous nous étions un peu perdues de vue. Sa pension, ses études, sa liste de mariage, ses vacances chez ses beaux-parents, ses dîners...

L'accolade était là, mais il nous manquait l'abandon. Elle avait changé de camp. D'équipe, plutôt. Elle ne jouait pas *contre* nous, elle jouait dans une ligue qui nous ennuyait un peu. Un genre de cricket à la con avec plein de règles imbitables, où tu cours après un truc que tu ne vois jamais et qui fait mal en plus... Un truc en cuir avec un cœur en liège. (Hé, ma Lolo! Sans faire exprès, je viens de tout résumer!)

Alors que nous, « les petits », nous en étions encore à des schémas plus basiques. Beau gazon ⇒ houba, houba! Canettes et galipettes. Grands garçons en polo blanc ⇒ honk, honk! Batte dans le derrière. Enfin, vous voyez le genre... Pas vraiment mûrs pour les promenades autour du bassin de Neptune...

Donc voilà. On s'envoyait des petits coucous de loin. Elle m'a faite marraine de son premier enfant et je l'ai faite dépositaire de mon premier chagrin d'amour (et j'en ai pleuré, des fonts baptismaux...), mais entre ce genre de grands événements il ne se passait pas grand-chose. Des anniversaires, des déjeuners de famille, quelques cigarettes en cachette de son cher et pou, un clin d'œil complice, ou sa tête sur mon épaule quand nous regardions les mêmes photos...

C'était la vie... La sienne, du moins.

Respect.

Et puis elle nous est revenue. Couverte de cendres et le regard fou de la pyromane qui vient rendre la boîte d'allumettes. Demandeuse d'un divorce auquel personne ne s'attendait. Il faut dire qu'elle cachait bien son jeu, la bougresse. Tout le monde la pensait heureuse. Et je crois même qu'elle était admirée pour cela, d'avoir su trouver la sortie si vite et si facilement. « Lola a tout bon », admettions-nous sans amertume et sans l'envier. Lola continue d'inventer les meilleures chasses au trésor...

Et puis badaboum. Changement de programme.

Elle a débarqué chez moi à l'improviste et à une heure qui ne lui ressemblait pas. À l'heure des bains et des histoires du soir. Elle pleurait, elle demandait pardon. Elle pensait sincèrement que son entourage était ce qui la justifiait sur cette terre et que le reste, tout le reste, ce qui couvait dans sa tête, sa vie secrète et tous les petits replis de son âme n'avaient pas tellement d'importance. Ce qu'il fallait, c'était être gaie et tirer sur le joug sans en avoir l'air. Et quand ça devenait plus difficile, il y avait la solitude, le dessin... les promenades, de plus en plus longues, derrière la poussette, les livres des enfants et la vie domestique dans lesquels il était si confortable de se retirer.

Eh oui. Super commode, la petite poule rousse du Père Castor comme bout du monde...

Poulerousse est une bonne ménagère :
Pas un grain de poussière sur les meubles,
Des fleurs dans les vases,
Et aux fenêtres de jolis rideaux bien repassés.
C'est un plaisir d'aller chez elle.

Seulement voilà, la petite poule rousse, couic. Elle l'avait égorgée.

Comme tout le monde, je suis tombée des nues. Les mots me manquaient. Elle ne s'était jamais plainte, ne m'avait jamais fait part de ses doutes et venait de mettre au monde un deuxième petit garçon adorable. Elle était aimée. Elle avait tout, comme on dit. Comme les imbéciles disent.

Comment faut-il réagir quand on vous annonce que votre système solaire se détraque? Que faut-il dire dans ce cas-là? Bon sang, c'était elle qui nous montrait le chemin jusqu'à présent. Nous lui faisions confiance. Enfin, moi, en tout cas, je lui faisais confiance. Nous sommes restées très longtemps assises par terre à siffler ma vodka. Elle pleurait, répétait qu'elle ne savait plus où elle en était, se taisait et pleurait de nouveau. Quelle que soit sa décision, elle serait malheureuse. Qu'elle parte ou qu'elle reste, la vie ne valait plus la peine d'être vécue.

L'herbe de bison aidant, j'ai fini par la secouer un peu. Hé! Ce n'était pas elle toute seule ce naufrage! Quand le livret des règles du jeu est gros comme un annuaire et que tu cours en boucle sur un bout de gazon à la con avec personne pour te soutenir, pas lui en tout cas, c'est sûr au bout d'un moment euh… Roule, ma poule!

Elle ne m'entendait pas.

« Et pour les petits, tu… tu ne peux pas tenir encore un peu? » ai-je fini par murmurer en lui tendant un autre paquet de mouchoirs. Ma question l'a essorée direct. Mais je ne comprenais donc rien? C'était pour eux ce carnage. Pour leur éviter d'en souffrir. Pour qu'ils n'entendent jamais leurs parents se battre et pleurer au milieu de la nuit. Et parce qu'on ne peut pas grandir dans une maison où les gens ne s'aiment plus, si?

Non. On ne peut pas. Pousser peut-être, mais pas grandir.

La suite est plus sordide. Avocats, pleurs, chantage, chagrin, nuits blanches, fatigue, renoncements, culpabilité, douleur de l'un contre douleur de l'autre, agressivité, attestations, tribunal, clans, appel, manque d'air et front contre le mur. Et au milieu de tout ça, deux petits garçons aux yeux très clairs pour lesquels elle continuait de faire l'Auguste en leur inventant, au bord du lit, des histoires de princes pétoruines et de princesses vraiment gourdes. C'était hier et les braises sont encore chaudes. Il n'en faut pas beaucoup pour que le chagrin né du chagrin causé la noie de nouveau, et je sais que certains matins sont difficiles. Elle m'a avoué l'autre jour que, lorsque les enfants partaient chez leur père, elle se regardait longtemps pleurer dans le miroir de l'entrée.

Pour se diluer.

C'est la raison pour laquelle elle ne voulait pas venir à ce mariage.

Se cogner la famille. Tous ces oncles, ces vieilles tantes et ces cousins éloignés. Tous ces gens qui n'ont pas divorcé. Qui se sont arrangés. Qui ont fait autrement. Leurs mines vaguement compatissantes ou vaguement consternées. Tout ce folklore. Le blanc virginal, les cantates de Bach, les serments de fidélité éternelle appris par cœur, les discours potaches, les deux mains sur le même couteau et *Le Beau Danube bleu* quand on commence à avoir vraiment mal aux pieds. Mais surtout : les enfants. Ceux des autres.

Ceux qui vont courir dans tous les sens toute la journée, les oreilles un peu rouges d'avoir fini les fonds de verres, en salissant leurs beaux habits et en suppliant pour ne pas aller se coucher tout de suite.

Les enfants justifient les réunions de famille et nous en consolent.

Ils sont toujours ce qu'il y a de mieux à regarder. Ils sont toujours les premiers sur la piste de danse et les seuls à oser dire que le gâteau est écœurant. Ils tombent amoureux fous pour la première fois de leur vie et s'endorment épuisés sur les genoux de leurs mamans. Pierre devait être damoiseau d'honneur, il avait repéré que son cybersabre tenait parfaitement sous la large ceinture à plis et se demandait s'il pourrait filouter quelques pièces après la quête. Mais Lola avait mal regardé le calendrier du juge : ce n'était pas son week-end. Pas de petit panier et pas de batnille de riz sur le parvis. On lui a suggéré d'appeler Thierry pour voir si elle pouvait intervertir les week-ends. Elle n'a même pas répondu.

Mais elle venait! Et Vincent qui nous attendait! On allait pouvoir s'installer tous les quatre à une table à l'écart avec quelques bouteilles fauchées derrière une tente et commenter le chapeau de la tante Solange, les hanches de la mariée et l'allure ridicule de notre cousin Hubert avec son haut-de-forme de location bien calé sur ses grandes oreilles. (Sa mère n'avait jamais voulu entendre parler d'un recollement, car « on ne défait pas l'œuvre de Dieu ».) (Hé? C'est beau comme de l'antique, non?)

Le clan se ressoudait. La vie se re-
mettait en quatre.

Sonnez, clairons! Chantez, coucous!
C'était nous les cadets de Gascogne,
de Carbon et de Castel-je-ne-sais-
plus-où.

– Pourquoi tu prends cette sortie?
– On passe prendre Lola, répond
Simon.
– Où ça? s'étrangle sa douce.
– À la gare de Châteauroux.
– C'est une blague?
– Non, pas du tout. Elle y sera dans
quarante minutes.
– Et pourquoi tu ne me l'as pas dit?
– J'ai oublié. Elle m'a appelé tout à
l'heure.

– Quand?

– Quand nous étions sur l'aire d'auto-route.

– Je n'ai rien entendu.

– Tu étais aux toilettes.

– Je vois...

– Tu vois quoi?

– Rien.

Ses lèvres disaient le contraire.

– Il y a un problème? s'étonna mon frère.

– Non. Pas de problème. Aucun problème. C'est juste que la prochaine fois tu mettras une loupiote de taxi sur le toit de la voiture, ce sera plus clair.

Il n'a pas relevé. Les jointures de ses doigts pâlissaient.

Carine avait laissé Léo et Alice chez sa mère pour, je cite, deux points, ouvrez les guillemets, *passer un week-end en amoureux*, trois petits points, fermez les guillemets.

Ça s'annonçait chaud, chaud, chaud!

– Et vous… vous avez l'intention de dormir dans la même chambre d'hôtel que nous, aussi ?

– Non, non, ai-je fait en secouant la tête, ne t'inquiète pas.

– Vous avez réservé quelque chose ?

– Euh… Non.

– Bien sûr… Je m'en doutais, note bien.

– Mais ce n'est pas un problème ! On dormira n'importe où ! On dormira chez tante Paule !

– Tante Paule n'a plus de lits. Elle me l'a encore redit avant-hier au téléphone.

– Eh bien on ne dormira pas et puis voilà !

Elle a répondu vounjertsmalévés en tortillant les franges de son pashmina.

Je n'ai pas compris.

Pas de chance, le train avait dix minutes de retard et quand, enfin, les voyageurs sont descendus, pas de Lola à l'horizon.

Simon et moi serrions les fesses.

– Vous êtes sûrs que vous n'avez pas confondu Châteauroux et Châteaudun? craquetait la grue.

Et puis si, tiens... La voilà... Tout au bout du quai. Elle était dans le dernier wagon, elle avait dû monter dans le train en catastrophe mais elle était bien là et marchait vers nous en agitant les bras.
Identique à elle-même et telle que je m'attendais à la voir. Le sourire aux lèvres, la démarche un peu chaloupée, les ballerines, la chemise blanche et le vieux jean.

Elle portait un chapeau délirant. Une immense capeline bordée d'un large ruban de gros-grain noir.
Elle m'a embrassée. Que tu es belle, m'a-t-elle dit, tu t'es fait couper les cheveux? Elle a embrassé Simon en lui caressant le dos et a ôté son grand chapeau pour ne pas froisser les bouclettes de Carine.

Elle avait été obligée de voyager dans le wagon à vélos parce qu'elle n'avait pas trouvé de place pour poser sa cornette et demandait si nous pouvions faire un détour par le buffet de la gare pour acheter un sandwich. Carine a regardé sa montre et j'en ai profité pour acheter du pipole.

La presse chiotte. Notre ignominieuse mignardise...

Nous sommes remontés en voiture, Lola a demandé à sa belle-sœur si elle pouvait prendre son chapeau sur ses genoux. Sans problème, a-t-elle répondu dans un sourire un peu forcé. Sans problème.

Ma sœur a levé le menton l'air de dire que se passe-t-il ? et j'ai levé les yeux au ciel façon de répondre comme d'hab'.

Elle a souri et demandé à Simon s'il avait de la musique.

Carine a répondu qu'elle avait mal au crâne.

J'ai souri aussi.

Ensuite Lola a demandé si quelqu'un avait du vernis pour ses ongles de pied. Une fois, deux fois, pas de réponse. Finalement notre pharmacien préféré lui a tendu un petit flacon rouge :

– Tu fais bien attention aux fauteuils, hein ?

Ensuite on s'est raconté des trucs de sœurs. Je passe cette scène-là. Il y a trop de codes, de raccourcis et de hennissements. Et puis sans le son ça ne rend rien.

Les sœurs comprendront.

Nous sommes arrivés en pleine cambrousse, Carine tenait la carte et Simon en prenait pour son grade. À un moment, il a dit :

– Donne cette putain de carte à Garance ! C'est la seule qui ait le sens de l'orientation dans cette foutue famille !

Derrière, on s'est regardées en fronçant les sourcils. Deux gros mots dans la même phrase et un point d'exclamation au bout... Ça n'allait pas fort.

Peu avant d'arriver au castel de la tante Paule, Simon nous a dégoté un petit chemin bordé de mûres. Nous nous sommes jetées dessus en évoquant les charmilles de la maison de Villiers avec des trémolos dans la voix. Carine, qui n'avait pas bougé son cul de la voiture, nous a rappelé que les renards pissaient dessus.

On s'en foutait.

Erreur...

– Bien sûr. L'échinococcose ça ne vous dit rien. Les larves de parasites transmises par l'urine et...

Mea culpa, mea maxima culpa, je me suis un peu énervée :

– Mais c'est des conneries, ça! C'est boulchite et compagnie! Les renards, ils ont toute la nature pour pisser! Tous les chemins! Tous les talus! Tous les arbres et tous les champs alentour, et il faudrait qu'ils viennent pisser là?! Exactement sur nos mûres?! Mais c'est n'importe quoi! Moi, c'est ça qui me tue, tu vois... C'est *ça* qui me rend malade. Ce sont les gens comme toi qui abîment toujours tout...

Pardon. Mea culpa. C'est ma faute. C'est ma très grande faute. Je m'étais promis de bien me tenir pourtant. Je m'étais promis de rester calme et infiniment zen. Encore ce matin, dans la glace, je m'étais prévenue en agitant l'index : Garance, pas d'histoire avec la Carine, hein? Tu nous la fais pas gueule d'atmosphère pour une fois. Mais là, j'ai craqué. Je suis désolée. Toutes mes confuses. Elle nous a gâché nos mûres et notre peu d'enfance avec. Elle me gonfle trop. Je ne peux pas la supporter. Encore une réflexion et je lui fais bouffer le sombrero de Lola.

Elle a dû sentir le vent du boulet, car elle a fermé la portière et mis le moteur en marche. Pour la clim.
Ça aussi, ça m'énerve, les gens qui ne coupent pas le moteur à l'arrêt pour

avoir chaud aux pieds ou froid à la tête, mais bon, passons. On reparlera du réchauffement de la planète un autre jour. Elle s'était enfermée, c'était déjà ça. Soyons positifs.

Simon se dégourdissait les jambes pendant que nous nous changions. J'avais donc acheté un magnifique sari passage Brady, juste à côté de chez moi. Il était turquoise rebrodé de fil d'or avec des perles et de minuscules grelots. J'avais une petite brassière à emmanchures, une longue jupe droite très moulante et très fendue, et une espèce de grand tissu pour enrober tout ça.

Magnifique.

Des boucles d'oreilles à pampilles, toutes les amulettes du Rajasthan autour du cou, dix bracelets au poignet droit et presque le double au gauche.

– Ça te va bien, décréta Lola. C'est incroyable. Il n'y a que toi qui puisses te permettre ça. Tu as un si joli ventre, si plat, si musclé…

– Hé… fis-je radieuse en le bouchon-
nant, sixième sans ascenseur…

– Moi, mes grossesses m'ont mis le
nombril entre parenthèses… Tu feras
bien attention, toi, hein? Tu te mettras
de la crème tous les jours et…

J'ai haussé les épaules. Ma petite
longue-vue ne portait pas jusque-là.

– Tu me boutonnes? pépia-t-elle en
se retournant.

Lola portait pour la énième fois sa
robe en faille noire. Très sobre, au
décolleté rond, sans manches et avec
mille miniboutons de soutane dans le
dos.

– Tu n'as pas fait de frais pour le mariage de notre cher Hubert, constatai-je.

Elle s'est retournée en souriant :

– Hé…

– Quoi?

– Dis un prix pour le chapeau.

– Deux cents?

Elle a haussé les épaules.

– Combien?

– Je peux pas te le dire, gloussa-t-elle,
c'est trop horrible.

– Arrête de te marrer idiote, je n'arrive pas à choper les boutonnières...

C'était l'année des ballerines. Les siennes étaient souples et nouées, les miennes couvertes de sequins dorés.

Simon a frappé dans ses mains :
– Allez, les Bluebell Girls... En voiture !

En me tenant au bras de ma sœur pour ne pas trébucher, j'ai marmonné :
– Je te préviens, si l'autre morue me demande si je vais à un bal costumé, je lui fais bouffer ton chapeau.

Carine n'a pas eu l'occasion de dire quoi que ce soit parce que je me suis relevée direct en m'asseyant. Ma jupe était trop étroite et j'ai dû l'enlever pour ne pas la craquer.

En string et sur les fauteuils en viscose d'alpaga, je fus... hiératique.

Nous nous sommes maquillées dans mon poudrier pendant que notre échinococcoseuse nationale vérifiait la hauteur de ses clips dans son miroir de courtoisie.

Simon nous a suppliées de ne pas nous parfumer toutes les trois en même temps.

Nous sommes arrivés à Pétaouch-noque dans les temps. J'ai enfilé ma jupe derrière la voiture et nous nous sommes rendus sur la place de l'église sous les yeux médusés des Pétaouch-noquiens aux fenêtres.

La jolie jeune femme en gris et rose qui discutait avec l'oncle Georges, là-bas, c'était notre maman. Nous lui avons sauté au cou en prenant garde aux marques de ses baisers.
Diplomate, elle a d'abord embrassé sa belle-fille en la complimentant sur sa tenue, puis s'est tournée vers nous en riant :
– Garance… Tu es superbe… Il ne te manque que le point rouge au milieu du front !

– Manquerait plus que ça, a lâché Carine avant de se précipiter sur le pauvre tonton fané, on n'est pas au carnaval que je sache…

Lola a fait mine de me tendre son chapeau et nous avons éclaté de rire.

Notre mère s'est tournée vers Simon :

– Elles ont été insupportables comme ça tout le trajet?

– Pire que ça, a-t-il acquiescé gravement.

Il a ajouté :

– Et Vincent? Il n'est pas avec toi?

– Non. Il travaille.

– Il travaille où?

– Eh bien, toujours dans son château…

Notre aîné a perdu dix centimètres d'un coup.

– Mais… Je croyais… Enfin il m'avait dit qu'il venait…

– J'ai essayé de le persuader mais rien à faire. Tu sais, lui, les petits-fours…

Il semblait désespéré.

– J'avais un cadeau pour lui. Un vinyle introuvable. J'avais envie de le

voir en plus... Je ne l'ai pas vu depuis
Noël. Oh, je suis tellement déçu... Je
vais boire un coup, tiens...

Lola a grimacé :

– Calamba. Il n'est pas dou tout en
forme notle Simone...

– Tu m'étonnes, ai-je rétorqué en
matant miss Rabat-Joie qui se frottait à
toutes nos vieilles tantes, tu m'étonnes...

– En tout cas, vous, mes filles, vous
êtes splendides ! Vous allez nous le
remonter, vous allez le faire danser
votre frère ce soir, n'est-ce pas ?

Et elle s'est éloignée pour assurer
les civilités d'usage.

Nous suivions du regard cette petite
femme menue. Sa grâce, son allure,
son peps, son élégance, sa classe...

La Parisienne...

Le visage de Lola s'est rembruni.
Deux adorables petites filles couraient
rejoindre le cortège en riant.

– Bon, elle a dit, je crois que je vais
aller rejoindre Simon, moi...

Et je suis restée comme une idiote plantée au milieu de la place, les pans du sari tout flapis.

Pas pour longtemps tu me diras, parce que notre cousine Sixtine s'est approchée en caquetant :

– Hé, Garance ! Harikrishna ! Tu vas à un bal costumé ou quoi ?

J'ai souri comme j'ai pu en me gardant bien de commenter sa moustache mal décolorée et son tailleur vert pomme du Christine Laure de Besançon.

Quand elle s'est éloignée, c'est la tante Geneviève qui s'y est collée :

– Mon Dieu, mais c'est bien toi, ma petite Clémence ? Mon Dieu, mais qu'est-ce que c'est que cette chose en fer dans ton nombril ? Ça ne te fait pas mal au moins ?

Bon, je me suis dit, je vais aller rejoindre Simon et Lola au café, moi...

Ils étaient tous les deux en terrasse. Un demi à portée de main, la gorge au soleil et les jambes allongées loin devant.

Je me suis assise dans un « crac » et j'ai commandé la même chose qu'eux.

Ravis, en paix, les lèvres festonnées de mousse, nous regardions les bonnes gens sur le pas de leur porte qui glosaient sur les bonnes gens devant l'église. Merveilleux spectacle.

– Hé, ce serait pas la nouvelle femme de ce cocu d'Olivier, là-bas ?

– La petite brune ?

– Nan, la blonde à côté des Larochaufée...

– Au secours. Elle est encore plus moche que l'autre. Mate le sac...

Faux Gucci.

– Exact. Et même pas la qualité Vintimille. Faux Goutch' de chez Beijing...

– La honte.

On aurait pu continuer comme ça encore longtemps si Carine n'était pas venue nous chercher :

– Vous venez ? Ça va commencer...

– On arrive, on arrive... a dit Simon, je termine ma bière.

– Mais si on n'y va pas tout de suite, insista-t-elle, on sera mal placés et je ne verrai rien...

– Vas-y, je te dis. Je te rejoins.

– Tu te dépêches, hein ?

Elle était déjà à vingt mètres, quand elle a crié :

– Et passe à la petite épicerie d'en face pour acheter du riz !

Elle s'est encore retournée :

– Pas du trop cher, hein ? Prends pas de l'Uncle Ben's comme la dernière fois ! Pour ce qu'on en fait...

– Ouais, ouais... il a bougonné dans sa barbe.

On a aperçu la mariée au loin et au bras de son papa. Celle qui allait bientôt avoir une tripotée de petits ratons avec des oreilles de Mickey. On a compté les retardataires et ovationné l'enfant de chœur qui galopait à toute berzingue en se prenant les pieds dans son aube.

Quand les cloches se sont tues et que les autochtones sont retournés à leurs toiles cirées, Simon a dit :

– J'ai envie de voir Vincent.

– Tu sais, même si on l'appelle maintenant, a répondu Lola en soulevant son sac, le temps qu'il vienne...

Un gamin de la noce en pantalon de flanelle et raie sur le côté est passé à ce moment-là. Simon l'a alpagué :

– Hep ! Tu veux gagner cinq parties de flipper ?

– Ouais...

– Alors retourne suivre la messe et viens nous chercher à la fin du sermon.

– Vous me donnez l'argent tout de suite ?

Je rêve. Les gamins d'aujourd'hui sont incroyables...

– Tiens, jeune escroc. Et pas de blagues, hein ? Tu viens nous chercher ?

– J'ai le temps d'en faire une maintenant ?

– Allez, vas-y, a soupiré Simon, et après, direction les orgues...

– O.K.

On est restés encore un moment comme ça et puis il a ajouté :

– Et si on allait le voir ?

– Qui ?

– Ben, Vincent !

– Mais quand ? j'ai dit.

– Maintenant.

– Maintenant ?

– Tu veux dire : maintenant ? a répété Lola.

– Tu dérailles ? Tu veux prendre la voiture et partir maintenant ?

– Ma chère Garance, je crois que tu viens de résumer parfaitement le propos de ma pensée.

– Tu es fou, a dit Lola, on ne va pas partir comme ça ?

– Et pourquoi pas ? (Il cherchait de la monnaie dans sa poche.) Allez... Vous venez les filles ?

Nous ne réagissions pas. Il a levé les bras au ciel :

– On se casse, je vous dis ! On se tire ! On met les bouts. On prend la tangente et la poudre d'escampette. On se fait la belle !

– Et Carine ?

Il a baissé les bras.

Il a sorti un stylo de sa veste et retourné son sous-bock.

« Nous sommes partis visiter le château de Vincent. Je te confie Carine. Ses affaires sont devant ta voiture. On t'embrasse. »

– Ho, petit ! Changement de programme. Tu n'es pas obligé d'aller à la messe, mais tu donneras ça à la dame habillée en gris avec un chapeau rose qui s'appelle Maud, compris ?

– Compris.

– T'en es où ?

– Deux *extra-balls*.

– Répète ce que je viens de dire.

– J'inscris mon nom au tableau d'honneur et après je donne votre carton de bière à une dame en chapeau rose qui s'appelle Maud.

– Tu la guettes et tu lui donnes quand elle sort de l'église.

– O.K., mais ce sera plus cher…

Il se marrait.

– T'as oublié le vanity…

– Oups. Demi-tour. Ça, elle ne me le pardonnerait jamais…

Je l'ai déposé bien en vue sur son sac et nous avons redémarré dans un nuage de poussière. Exactement comme si nous venions de braquer une banque.

Au début, on n'osait pas parler. On était quand même un peu émus et Simon regardait dans son rétro toutes les dix secondes.

On s'attendait peut-être à entendre les sirènes d'une voiture de police lancée à nos trousses par une Carine folle de rage et la bouche pleine d'écume. Mais non, rien. Calme plat.

Lola était assise devant et je m'étais accoudée entre eux deux. Chacun attendait que son voisin brise la gêne.

Simon a allumé la radio et les Bee Gees bêlaient :

And we're stayin' alive, stayin' alive…
Ha, Ha, Ha, Ha… Stayin' alive, stayin' alive…

Oh peuchère. C'était trop beau pour être vrai. C'était un signe ! C'était le doigt de Dieu ! (Non. C'était une dédicace de Patou à Dany pour fêter leur anniversaire de rencontre au bal de Treignac en 1978, mais ça on ne l'a su que plus tard.) Nous avons repris tous en chœur : « *HA! HA! HA! HA! STAYIN' ALIIIIIIIIIIII-VEU...* » pendant que Simon zigzaguait sur la D114 en dénouant sa cravate.

J'ai remis mon fut' et Lola m'a tendu son chapeau pour que je le pose à côté de moi.

Au prix où elle l'avait payé, elle était un peu déçue.

« Bah... je lui ai dit pour la consoler, tu le mettras à mon mariage... »

Rires – hénaurmes – dans l'habitacle.

L'ambiance était revenue. Nous avions réussi à éjecter l'alien hors du vaisseau spatial.

Il ne nous restait plus qu'à récupérer le dernier membre d'équipage.

Je cherchais le bled de Vincent sur la carte et Lola faisait le DJ. On avait le choix entre France Bleu Creuse et Radio Gélinotte. Rien de très sound system mais quelle importance? Nous tchatchions comme des dingues.

– Je ne t'aurais jamais cru capable d'une chose pareille, finit-elle par dire en se tournant vers notre chauffeur.

– Avec l'âge on devient plus sage, a-t-il souri en acceptant l'une de mes cigarettes.

Nous roulions depuis deux heures et j'étais en train de leur raconter mon séjour à Lisbonne quand je...

– Qu'est-ce qu'il y a? s'est inquiétée Lola.

– Tu n'as pas vu?

– Vu quoi?

– Le chien.

– Quel chien?

– Sur le bas-côté...

– Mort?

– Non. Abandonné.

– Hé ! Ne te mets pas dans un état pareil.

– Nan, mais c'est parce que j'ai vu son regard, tu comprends ?

Ils ne comprenaient pas.

Pourtant il m'avait scannée ce clebs, j'en étais sûre.

Ça m'a fichu un bourdon terrible et puis Lola s'est remémoré notre évasion en massacrant la musique de *Mission impossible* à tue-tête et j'ai pensé à autre chose.

Je tenais la carte, je rêvassais, je revoyais les parties de la nuit passée. J'avais bien fait ma maligne au dernier tour avec un carré de la louse, mais enfin... J'avais gagné quand même...

Tout cela tombait sous le sens à présent.

Quand nous sommes arrivés, la dernière visite venait de commencer.

Un jeune type blanc comme une endive, assez craspec et avec un regard de veau en gelée nous a conseillé de rejoindre le groupe au premier étage.

Il y avait là quelques touristes égarés, des femmes à la cuisse molle, un couple d'instituteurs recueillis en Mephisto, des familles équitables, des gamins ronchons et une poignée de Bataves. Tous s'étaient retournés en nous entendant arriver.

Vincent, lui, ne nous avait pas vus. Il était de dos et commentait ses mâchicoulis avec une fougue que nous ne lui connaissions pas.

Premier choc : il portait un blazer élimé, une chemise rayée, des boutons de manchettes, un petit foulard rentré dans le col et un pantalon douteux mais à revers. Il était rasé de près et ses cheveux étaient plaqués en arrière.

Deuxième choc : il racontait n'importe quoi.

Ce château était dans la famille depuis plusieurs générations. Aujourd'hui, il y vivait seul en attendant de fonder un foyer et de remettre les douves en état.

C'était un endroit maudit puisqu'il avait été bâti en cachette pour la maîtresse du troisième bâtard de François Ier, une certaine Isaure de Haut-Brébant rendue par lui folle de jalousie, disait-on, et qui était un peu sorcière à ses heures.

... Et encore aujourd'hui, mesdames, messieurs, les nuits où la lune est rousse dans le premier décan, on entend des bruits fort étranges, des espèces de râles monter des caves, celles-là mêmes qui faisaient office de geôles autrefois...

En aménageant la cuisine actuelle que vous verrez tout à l'heure, mon grand-père a retrouvé des ossements datant de la guerre de Cent Ans et quelques écus frappés du sceau de Saint Louis. À votre gauche, une tapisserie du XIIe siècle, à votre droite, un portrait de la fameuse courtisane. Notez le grain de beauté sous l'œil gauche, signe incontestable de quelque malédiction divine...

Vous ne manquerez pas d'admirer la magnifique vue depuis la terrasse... Les jours de grand vent, on aperçoit les tours de Saint-Roch...

Par ici, s'il vous plaît. Attention à la marche.

Pincez-moi, je rêve.

Les touristes regardaient attentivement le grain de beauté de la sorcière et lui demandaient s'il n'avait jamais peur la nuit.

– Parbleu, mais c'est que j'ai de quoi me défendre !

Il désignait les armures, hallebardes, arbalètes et autres massues accrochées dans l'escalier.

Les gens acquiesçaient gravement et les caméras se dressaient.

Mais qu'est-ce que c'était que ce délire?

Quand nous sommes passés devant lui en quittant la pièce, son visage s'est illuminé. Oh, rien que de très discret. Un hochement, tout au plus. Cette complicité du sang et des anciennes accointances.

La marque des Grands.

Nous pouffions entre les heaumes et les arquebuses pendant qu'il continuait à pérorer sur les difficultés qu'engendrait l'entretien d'une telle bâtisse... Quatre cents mètres carrés de toiture, deux kilomètres de gouttière, trente pièces, cinquante-deux fenêtres et vingt-cinq cheminées mais... pas de chauffage. Ni d'électricité d'ailleurs. Et pas encore l'eau courante maintenant que vous m'y faites songer! D'où la difficulté, pour votre humble serviteur, de trouver une fiancée...

Les gens riaient.

... Ici un portrait très rare du comte de Dunois. Notez les armoiries que vous retrouverez sculptées sur le fronton du grand escalier dans l'angle nord-ouest de la cour.

Nous pénétrons à présent dans une chambre à alcôve aménagée au XVIIIe par ma trisaïeule la marquise de La Lariotine qui venait chasser à courre dans les environs. Pas seulement à courre, hélas... Et mon pauvre marquis d'oncle n'avait rien à envier à la prestance de ce beau dix-cors que vous avez pu admirer dans la salle à manger tout à l'heure... Attention madame, c'est fragile. Par contre, je vous conseille vivement de jeter un cil dans le petit cabinet de toilette... Brosses, boîtes à sels et pots à onguent sont d'origine... Non, ça mademoiselle, c'est un pot de chambre de la deuxième moitié du XXe et ceci, un bac pour absorber l'humidité...

… Nous arrivons maintenant devant la plus belle partie du château, l'escalier à vis de l'aile nord avec sa superbe voûte en berceau annulaire. Pur chef-d'œuvre de la Renaissance…

Merci de ne pas toucher, car le temps fait son grand œuvre et mille doigts, je m'en désole, valent autant qu'une pointerolle…

J'hallucinais.

Je ne peux malheureusement pas vous montrer la chapelle, qui est en cours de rénovation, mais je vous adjure de ne pas quitter ma modeste demeure sans avoir effectué un tour dans le parc, où vous ne manquerez pas de ressentir les étranges vibrations que dégagent ces pierres, destinées, je vous le rappelle, à abriter les amours d'un presque roi pris dans les filets d'une troublante jeteuse de sorts…

Murmures dans l'assemblée.

... Pour ceux qui le souhaitent, cartes postales, photos-souvenirs en armure et cabinets d'aisances à la sortie du parc...

En vous souhaitant une bonne journée, je me permets, mesdames et messieurs, de vous rappeler de ne pas oublier le guide. Que dis-je, le guide ? Le pauvre lorgni de cette demeure ! L'esclave privilégié, qui ne vous demande pas l'aumône mais de quoi subsister jusqu'au retour du comte de Paris.
Merci.
Merci, mesdames.
Thank you, sir...

Nous avons suivi le groupe pendant qu'il se retirait par une porte dérobée.
Les manants étaient sous le charme.

Nous avons fumé une cigarette en l'attendant.
Le type de l'entrée harnachait les gamins dans une armure cabossée et les prenait en photo avec l'arme de leur choix.

Deux euros le Polaroid.

Jordan! Fais attention, tu vas éborgner ta sœur!

Le type était super zen ou super stone ou super neuneu. Il s'activait lentement et semblait totalement dénervé. Une gitane maïs au coin du bec et la casquette des Chicago Bulls vissée à l'envers, c'était assez déroutant comme vision. Un peu *Fantasia chez les ploucs.*

Jordan! Pose ce truc!!!

Une fois les gens partis, Super Neuneu a pris un râteau et s'est éloigné en mâchant son clopo.

On commençait à se demander si le petit baron de La Lariotine daignerait jamais comparaître...

Je ne cessais de répéter « J'hallucine... J'hallucine... Nan mais, j'hallucine, là... » en secouant la tête.

Simon s'intéressait au mécanisme du pont-levis et Lola rafistolait un rosier grimpant.

Vincent est arrivé en souriant. Il portait maintenant un jean noir fatigué et un tee-shirt de Sundyata.

– Hé, mais qu'est-ce que vous foutez là?
– On s'ennuyait de toi...
– Ah? C'est sympa.
Ça va?
– Super. Mais vous ne deviez pas aller au mariage d'Hubert?
– Si, mais on s'est trompés de chemin.
– Je vois... C'est cool.

C'était bien lui. Calme, gentil. Pas plus ému que ça de nous voir mais drôlement content quand même.
Notre Pierrot lunaire, notre Martien, notre petit frère, notre Vincent à nous.
C'était cool.

– Alors, fit-il en écartant les bras, qu'est-ce que vous pensez de mon petit camping?
– Attends, mais qu'est-ce que c'est

que toutes ces conneries? lui ai-je demandé.

– Quoi? Les trucs que je raconte, là? Oh... Non, mais ce ne sont pas que des conneries. Elle a bien existé la Isaure, c'est juste que... Enfin, je ne suis pas bien sûr qu'elle soit venue par ici quoi... D'après les archives, elle serait plutôt du bled d'à côté mais comme il a brûlé, le château d'à côté... Fallait bien qu'on lui retrouve un petit logis, pas vrai?

– Non, mais le truc de tes ancêtres, et ton look d'aristo et tous ces gros bobards que tu leur as racontés tout à l'heure?

– Ah, ça... ? Mais mettez-vous à ma place! Je suis arrivé début mai pour faire la saison. La vioque m'a dit qu'elle partait en cure et qu'elle me réglerait mon premier mois en revenant. Depuis, plus de nouvelles. Disparue la mémé. On est en août et j'ai toujours rien vu venir. Ni châtelaine, ni feuille de paie, ni mandat, ni rien. Il faut bien que je croûte, moi! C'est pour ça que j'ai dû inventer tout ce pipeau. J'ai que les pourboires pour vivre et les pourboires, ils ne viennent pas comme ça. Les gens, ils en veulent pour leur argent et comme tu peux voir, c'est pas exactement Disneyland ici... Alors Bibi y sort le blazer et la chevalière et y monte au créneau!

– C'est dément.

– Hé ma p'tite dame, faut c'qu'y faut...

– Et lui, là?

– Lui, c'est Nono. Il est payé par la commune.

– Et euh... Il est euh... Il a tous ses modules?

Vincent finissait de se rouler une cigarette :

– J'en sais rien. Tout ce que je sais c'est que c'est Nono. Si tu comprends le Nono ça va, sinon c'est dur.

– Mais qu'est-ce que tu fais toute la journée?

– Le matin, je dors, l'après-midi j'assure les visites et la nuit c'est pour ma musique.

– Ici?

– Dans la chapelle. Je vous montrerai... Et vous alors? Qu'est-ce que vous faites?

– Ben, nous euh... rien. On voulait t'inviter au restau...

– Quand? Ce soir?

– Ben oui, gros malin! Pas après la prochaine croisade!

– Ah nan mais ce soir ça va pas être possible... Y a Nono qui marie sa nièce justement, et je suis invité...

– Hé! Tu nous le dis si on te dérange, hein?!

– Pas du tout! C'est trop cool que vous soyez là. On va arranger ça... Nono!

L'autre s'est retourné lentement.

– Tu crois que ça ferait du dérangement si mon frère et mes sœurs venaient ce soir?

Il nous a dévisagés longuement et puis il a demandé :

– C'est ton frangin?

– Ouais.

– Et elles ? C'est tes frangines ?

– Oui.

– Elles sont encore vierges ?

– Hé, mais Nono, c'est pas de ça qu'on parle ! Nono, merde… Tu crois qu'ils peuvent venir ce soir ?

– De qui ?

– Oh putain, il va me tuer ce mec, ben, eux !

Venir où ?

– Au mariage de Sandy !

– Bien sûr. Pourquoi que tu me demandes ?

Il m'a désignée du menton et il a ajouté :

– Elle viendra aussi, elle ?

Gloups.

Il me lâche l'affreux Gollum, là…

Vincent était accablé.

– Il me tue. La dernière fois, je ne sais pas ce qu'il a foutu, mais y a un gamin qui est resté coincé dans l'armure et on a dû appeler les pompiers… Arrêtez de vous marrer, on voit bien que ce n'est pas vous qui vous le cognez tous les jours…

– Pourquoi tu vas au mariage de sa nièce alors?

– Je ne peux pas faire autrement. Il est très sensible vous savez... C'est ça, c'est ça, riez donc, les pucelles... Dis-moi, Simon, elles m'ont l'air toujours aussi graves ces deux-là... Et puis sa mère me donne plein de bons trucs. Des terrines, des légumes de son potager, des saucissons... Sans elle, je n'aurais pas pu tenir.

J'hallucinais.

– Bon, ben c'est pas le tout... Il faut que je compte la caisse, que je nettoie les chiottes, que j'aide l'autre taré à ratisser les allées et que je ferme toutes les portes.

– Y en a combien?

– Quatre-vingt-quatre.

– On va t'aider...

– Cool, c'est sympa. Tenez, là il y a un autre râteau et pour les toilettes, on prend le jet d'eau...

On a relevé les manches de nos beaux habits et on s'est tous mis au boulot.

– Je crois que c'est bon, là. Vous
voulez aller vous baigner?

– Où ça?

– Il y a une rivière en bas...

– Elle est propre? a demandé Lola.

– Les renards pissent pas dedans?
ai-je ajouté.

– Pardon?

On n'était pas très chaudes.

– T'y vas, toi?

– Tous les soirs.

– Alors on t'accompagne...

Simon et Vincent marchaient devant.

– J'ai un 33 des MC5 pour toi.

– C'est pas vrai?

– Eh si...

– Premier pressage?

– Eh oui...

– Cool. Comment t'as fait pour trouver ça ?

– Dame, c'est que rien n'est trop beau pour Monseigneur !

– Tu te baignes ?

– Bien sûr.

– Ho, les filles ? Vous vous baignez ?

– Pas tant que l'autre obsédé est dans les parages, ai-je murmuré à l'oreille de Lola.

– Non, non ! On vous regarde !

– Il est là, grinçai-je. Je le sens. Il nous mate de derrière les feuillages...

Ma sœur ricanait.

– J'hallucine, je te jure...

– On a compris que t'hallucinais, on a compris. Allez, assieds-toi.

Lola avait sorti le *Water-Closer* de mon sac et cherchait notre horoscope.

– T'es Verseau, toi, non ?

– Hein ? De quoi ? fis-je en me retournant prestement pour faire fuir l'onaniste Nono.

– Bon… Tu m'écoutes?

– Oui.

– *Soyez sur vos gardes. En cette période dominée par Vénus en Lion, tout peut arriver. Une rencontre, le grand Amour, celui que vous attendiez est tout proche. Assumez votre charme et votre sex-appeal et, surtout, soyez ouverte à toute opportunité. Votre caractère bien trempé vous a souvent joué de mauvais tours. Il est temps d'assumer votre part de romantisme.*

Cette idiote était morte de rire.

– Nono! Reviens! Elle est là! Elle va assumer sa part de ro…!

J'avais posé ma main sur sa bouche.

– N'importe quoi. Je suis sûre que tu viens de tout inventer…

– Pas du tout! Regarde toi-même!

Je lui ai arraché ce torchon des mains.

– Montre…

– Là, regarde… *dominée par Vénus en Lion,* je n'invente rien…

– N'importe quoi…

– Enfin, si j'étais toi, je me tiendrais sur mes gardes quand même…

– Pfff... C'est que des conneries ces trucs-là...

– Tu as raison. Voyons plutôt ce qui se passe du côté de Saint-Trop'...

– Attends... Me dis pas que ce sont des vrais seins, là ?

– En effet, je ne dirais pas ça.

– Et t'as vu le... Hiiiii!!! Simon, dégage ou j'appelle ta femme !

Les garçons étaient venus s'ébrouer contre nous.

On aurait pu s'en douter... S'en souvenir plutôt... Vincent, les joues gonflées d'eau, s'est mis à courser Lola qui hurlait à travers champs en semant tous les boutons de sa robe.

J'ai rassemblé fissa nos petites affaires et je me suis dépêchée de les rejoindre en crachant des oust, des pfutt et des pshhhh à tous les buissons environnants avec l'index et le petit doigt en cornes d'escargot.

Arrière, Belzébuth.

Vincent nous a fait visiter ses appartements privés dans les communs.

Sommaires.

Il avait descendu un lit du premier étage – où il avait trop chaud – et avait établi ses quartiers dans les écuries. Comme par hasard, il avait choisi la stalle de Joli Cœur.

Entre Polka et Ouragan...

Il était sapé comme un milord. Boots impeccablement cirées. Pur costard blanc des années 70. Taille basse et chemise en soie rose pâle au col si pointu qu'il en chatouillait les emmanchures. Sur n'importe qui c'eût été ridicule, sur lui c'était classieux.

Il est passé prendre sa guitare. Simon a récupéré le cadeau dans son coffre et nous sommes descendus au village.

La lumière du soir était très belle. Toute la campagne, ocre, bronze, vieil or, se reposait de sa longue journée.

Vincent nous a demandé de nous retourner pour admirer son donjon.

Une splendeur.

– Vous vous moquez...

– Pas du tout, pas du tout... fit Lola, toujours soucieuse de l'Harmonie Universelle.

Simon s'est mis à entonner :

– Ô mon châtôôôôô, c'est le plus bôôôô des châtôôôôôôôôô...

Simon chantait, Vincent riait et Lola souriait. Nous marchions tous les quatre au milieu d'une chaussée toute chaude à l'entrée d'un petit village de l'Indre.

Il flottait dans l'air une odeur de goudron, de menthe et de foin coupé. Les vaches nous admiraient et les oiseaux s'appelaient à table.

Quelques grammes de douceur.

Lola et moi avions remis chapeau et déguisements.

Pas de raison. Un mariage, c'est un mariage.

Enfin, c'est ce que nous nous disions jusqu'à ce que nous arrivions à destination...

Nous sommes entrés dans une salle des fêtes surchauffée qui sentait encore la sueur et la vieille chaussette. Les tatamis étaient empilés dans un coin et la mariée se tenait assise sous un panier de basket. Elle avait l'air un peu dépassée par les événements.

Tablées façon banquet d'Astérix, vin de pays en cubis et zizique à plein volume.

Une grosse dame tout empaquetée de froufrous s'est précipitée sur notre petit frère :

– Ah! Le voilà! Viens mon fils, viens! Nono m'a dit que tu étais en famille... Venez tous, venez par là! Oh qu'ils sont beaux! Quel beau chapeau! Et elle, comme elle est maigre la petite! Et alors?! Y vous font rien manger à Paris? Installez-vous. Mangez les enfants. Mangez bien. Il y a tout ce qu'il faut. Demandez à Gérard qu'il vous serve à boire. Gérard! Viens donc par là mon gars!

Vincent n'arrivait plus à se dépêtrer de ses bisous et moi, je comparais. Je pensais au contraste entre la gentillesse de cette dame inconnue et le mépris poli de mes grand-tantes tout à l'heure. J'hallucinais, quoi...

– On va peut-être dire bonjour à la mariée quand même?

– C'est ça, donnez-lui le bonjour et voyez si vous trouvez Gérard... Qui soye pas déjà roulé dessous une table, ça ferait mauvais genre.

– C'est quoi ton cadeau? ai-je demandé à Simon.

Il ne savait pas.

Nous avons embrassé la mariée à tour de rôle.

Le marié était rouge comme une pivoine et il regardait d'un drôle d'œil le superbe plateau à fromages choisi par Carine que sa femme venait de déballer. C'était un machin ovale avec des poignées en morceaux de ceps et des feuilles de vigne moulées dans du Plexiglas.

Il n'avait pas l'air convaincu.

Nous nous sommes assis à un bout de table, accueillis à bras ouverts par les deux tontons qui étaient déjà bien partis.

– Gé-rard! Gé-rard! Gé-rard! Hé, les gosses! Allez chercher à manger pour nos amis! Gérard! Où qu'il est passé, nom de Dieu?

Gérard est arrivé avec son cubi et la fête a commencé.

Après la macédoine à la mayonnaise dans sa coquille Saint-Jacques, le méchoui dans ses frites à la mayonnaise, le fromage de chèvre (prononcer « chieub' ») et les trois parts de vacherin, tout le monde s'est poussé pour laisser la place à Guy Macroux et son orchestre de charme.

Nous étions comme des bienheureux. L'oreille aux aguets et les mirettes grandes ouvertes. À droite, la mariée ouvrait le bal avec son père sur du Strauss à bretelles, à gauche les tontons commençaient à se bastonner méchamment à propos du nouveau sens interdit devant la boulangerie Pidoune.

Tout cela était pittoresque.

Non. Mieux que ça et moins condescendant : savoureux.

Guy Macroux avait un faux air de Dario Moreno.

Petite moustache au RégéColor, gilet flamboyant, joaillerie de prix et voix de velours.

Aux premières mesures d'accordéon, tout le monde était en piste.

« Ce qui lui va, c'est un p'tit tchachacha
– Ah !
Ce qui lui faut, c'est un pas de mambo
– Oh !

– Allez ! Tous ensemble !
La la la la… la la la la la…
– Je n'entends rien !
LA LA LA LA… LA LA LA LA LA…

– Et au fond là-bas ! Les mamies !
Avec nous, les filles !
Opidibi poï poï ! »

Lola et moi étions déchaînées et
j'ai dû rouler ma jupe pour suivre le
rythme.

Les garçons, comme d'habitude,
ne dansaient pas. Vincent baratinait
une demoiselle au décolleté laiteux et
Simon écoutait les souvenirs de mil-
diou d'un vieux pépé.

Ensuite on a eu *La jar'telle ! La
jar'telle ! La jar'telle !* avec ses déborde-
ments et son pesant de gros saucissons.
La jeune épousée avait été brouettée
jusque sur une table de ping-pong et…
hof… ça ne vaut pas la peine d'être
raconté. Ou alors c'est moi qui suis
trop délicate.

Je suis sortie. Paris commençait à me manquer.

Lola est venue me rejoindre for ze moonlight cigarette.

Elle était suivie d'un type un poil collant (c'est-à-dire assez velu et que la sueur satinait) qui tenait absolument à la réinviter à danser.

Chemisette façon hawaïenne à manches courtes, pantalon de viscose, chaussettes blanches avé la rayure tennis et mocassins tressés.

Un charme fou.

Et, et, et... j'allais oublier : le fameux harnais en cuir noir avec les poches poitrine ! Trois poches à gauche et deux à droite. Plus le couteau à la ceinture. Plus le portable sous sa housse. Plus la boucle d'oreille. Plus les sun glassizes. Plus la chaîne pour retenir le porte-feuille. Moins le fouet.

Indiana Jones en personne.

– Tu me présentes?

– Euh... Oui... Donc, euh... Ma sœur Garance et euh...

– T'as d'jà oublié mon prénom?

– Euh... Jean-Pierre?

– Michel.

– Ah, oui, Michel! Michel Garance, Garance Michel...

– Salut, fis-je le plus sérieusement possible.

– Jean-Michel. C'est Jean-Michel que je me nomme... Jean comme les gens et Michel comme le mont Saint-Michel, mais sans rancune, va... Salut! Alors comme ça vous êtes sœurs? C'est marrant vous vous ressemblez pas du tout... Vous êtes sûres qu'y en a pas une qu'est du facteur?

Wouarf wouarf wouarf.

Quand il s'est éloigné, Lola a secoué la tête :

– J'en peux plus. Je me suis dégoté le plus lourd du canton. Et un comique d'une délicatesse... Même les Grosses Têtes n'en voudraient pas... C'est une calamité, ce mec...

– Tais-toi, il raboule.

– Hé ! Tu connais celle du mec qu'a cinq bites ?

– Euh... non. Je n'ai pas cette chance.

– Donc c'est un mec, il a cinq bites. Silence.

– Et alors ? je demande.

– Alors son slip lui va comme un gant !

Au secours.

– Et celle de la pute qui suce pas ?

– Plaît-il ?

– Tu sais comment on appelle une pute qui suce pas ?

C'était surtout la tête de ma sœur qui me faisait rire. Ma sœur toujours si classe avec ses Saint Laurent vintage, ses beaux restes de danse classique, son intaille et ses bouffées de chaleur dès qu'il s'agit de manger sur une nappe en papier... Son air éberlué et ses yeux grands comme des soucoupes en biscuit de Sèvres, c'était grandiose.

– Alors ?

– Hélas non. Je donne ma langue, moi aussi...

(Classe *et* drôle. Je l'adore.)

– Eh ben, on l'appelle pas. Ha! Ha! Ha!

Il était lancé, là... Il a pivoté vers moi en se retenant par les pouces aux poches de son gilet :

– Et toi? Celle du mec qui entoure son hamster de chatterton, tu la connais?

– Non. Mais je n'ai pas envie que tu me la racontes parce qu'elle est trop crade.

– Ah bon? Ah ben tu la connais alors?

– Euh, dis-moi Jean-Montsaint-michel, il faut que je parle un peu avec ma sœur, là...

– C'est bon, c'est bon, j'me casse. Allez... À dta'l'heure, les founettes!

– Ça y est? Il est parti?

– Oui, mais y a Toto qui prend sa place.

– C'est qui Toto?

Nono s'était assis sur une chaise en face de nous.

Il nous observait en grattant l'intérieur des poches de son pantalon avec une grande application.

Bon.

C'était son costume tout neuf qui devait l'irriter localement...

Sainte Lola lui a fait un petit sourire pour qu'il se sente à l'aise.

Genre : Coucou Nono. C'est nous tes nouveaux amis. Bienvenue dans notre cœur...

– Vous êtes encore vierges ? il a demandé.

Décidément ça tournait à la fixette son truc... (Tu m'étonnes !)

Sœur Sourire ne s'est pas démontée :

– Alors comme ça, c'est vous le gardien du château ?

– Toi, ta gueule. C'est à celle qu'a les gros nichons que je parle.

Je le savais. Oui, je le savais. Que plus tard, on en rirait. Que l'on serait vieilles un jour et que vu qu'on n'aurait jamais fait notre gymnastique du périnée sérieusement, on se pisserait dessus en se rappelant cette soirée. Mais là, ça ne me faisait pas rire du tout parce que... parce que le Nono, il bavait un peu du côté où il n'y avait pas le mégot et ça, c'était vraiment flippant. Ce filet de salive qui n'en finissait pas de juter sous la lune...

Heureusement Simon et Vincent sont arrivés à ce moment-là.

– On s'éclipse ?

– Bonne idée.

– Je vous rejoins, je vais chercher ma gratte.

Tout l'amour que j'ai pour touâââââ...
Wap dou ouâ douâ douâ... Wap dou ouâ...
La voix de Guy Macroux résonnait dans tout le village et nous dansions entre les voitures.

*Mes criiiiiis de joiââââââââ, je te les
doiâââââââ...*

– On va où, là?
Vincent contournait le château et
s'enfonçait dans un chemin sombre.
– Boire un dernier verre. Une sorte
d'*after* si vous préférez... Vous êtes
fatiguées les filles?
– Et Nono? Il nous a suivis?
– Mais non... Oublie-le... Alors?
Vous venez?

C'était un camp de Gitans. Il y
avait une vingtaine de caravanes plus
longues les unes que les autres, de
grosses camionnettes blanches, du
linge, des couettes, des vélos, des
gamins, des bassines, des pneus, des
paraboles, des télés, des faitouts, des
chiens, des poules et même un petit
cochon noir.

Lola était horrifiée :
– Il est plus de minuit et les gamins
ne sont pas couchés. Pauvres gosses...

Vincent riait.

– Tu trouves qu'ils ont l'air mal-
heureux, toi?

Ils riaient, couraient dans tous les
sens et se précipitaient sur Vincent.
Ils se battaient pour lui porter sa guitare et les petites filles nous donnaient
la main.

Mes bracelets les fascinaient.

– Ils vont aux Saintes Maries-de-
la-Mer... J'espère qu'ils seront repartis
avant le retour de la vioque parce que
c'est moi qui leur ai dit de s'installer ici...

– On dirait le capitaine Haddock
dans *Les Bijoux de la Castafiore*, ricana
Simon.

Un vieux Rom l'a pris dans ses bras.
– Alors fils, te voilà!

Il s'en était trouvé des familles, le
petit père Vincent... Pas étonnant qu'il
snobe la nôtre.

Après, c'était comme dans un film de Kusturica avant qu'il se chope le melon.

Les vieux chantaient des chansons tristes à mourir qui vous retournaient la bidoche, les jeunes frappaient dans leurs mains et les femmes dansaient autour du feu. La plupart étaient grosses et mal fagotées mais, quand elles bougeaient, tout ondulait autour d'elles.

Les gamins continuaient de courir partout et les mémés regardaient la télé en berçant des nourrissons. Presque tous avaient des dents en or et souriaient largement pour nous les montrer.

Vincent était au milieu d'eux comme un coq en pâte. Il jouait en fermant les yeux, juste un peu plus concentré que d'habitude pour tenir leur note et la distance.

Les vieux avaient des ongles comme des serres et leur guitare était un peu creusée à l'endroit où ils la griffaient.

Tdzouing tdzouing, toc.

Même si on ne comprenait rien, il n'était pas difficile de deviner les paroles...

Ô mon pays, où es-tu? Ô mon amour, où es-tu?
Ô mon ami, où es-tu? Ô mon fils, où es-tu?

Avec une suite qui devait dire à peu près :
J'ai perdu mon pays, je n'ai que des souvenirs.
J'ai perdu mon amour, je n'ai que des souffrances.
J'ai perdu mon ami, je chante pour lui.

Une vieille nous servait des bières éventées. À peine avions-nous fini notre verre qu'elle revenait à l'assaut.

Lola avait les yeux brillants, elle tenait deux gamines sur ses genoux et se frottait le menton contre leurs

cheveux. Simon me regardait en souriant.

Nous en avions fait du chemin
depuis ce matin, tous les deux...

Oups, revoilà la mémé hilare avec
sa Valstar tiède...

J'ai fait signe à Vincent pour savoir
s'il avait quelque chose à fumer, mais
il m'a fait comprendre que chut, plus
tard. Encore un contraste, tiens...
Chez ces gens qui n'envoient pas leurs
mômes à l'école, qui laissent peut-être
croupir un petit Mozart dans ce gourbi
et qui sont bien arrangeants avec nos
lois de sédentaires laborieux, on ne
fume pas d'herbe.

Par sainte Merco-Benz, pas de ça
chez nous.

– Vous les filles, vous n'avez qu'à dormir dans le lit d'Isaure…

– Avec les râles qui montent des anciennes geôles ? Non merci.

– Mais c'est des conneries tout ça !

– Et l'autre détraqué qui a les clefs ? Pas question. On dort avec vous !

– O.K., O.K., t'énerve pas Garance…

– Je m'énerve pas ! C'est juste que je suis encore vierge figure-toi !

Fatiguée comme j'étais, j'avais quand même réussi à les faire rire. J'étais assez fière de moi.

Les garçons ont dormi chez Joli Cœur et nous chez Ouragan.

C'est Simon qui nous a réveillés, il était allé chercher des croissants au village.

– De chez Pidoule ? lui ai-je demandé en bâillant.

– De chez Pidoune.

Ce jour-là, Vincent n'a pas ouvert les grilles.

« *Fermé pour cause de chutes de pierres* », a-t-il écrit sur un bout de carton.

Il nous a fait visiter la chapelle. Avec Nono, ils avaient déménagé le piano du château jusque devant l'autel et tous les anges du ciel n'avaient plus qu'à swinguer en rythme.

Nous avons eu droit à un petit concert.

C'était amusant de se retrouver là un dimanche matin. Assis sur un prie-Dieu. Sages et recueillis dans la lumière des vitraux à écouter une nouvelle version de toque, toque, toque on heaven's door...

Lola voulait visiter le château de fond en comble. J'ai demandé à Vincent de nous refaire son show. Nous étions écroulés de rire.

Il nous a tout montré : l'endroit où la châtelaine vivait, ses gaines, sa chaise percée, ses pièges à ragondins, ses recettes de pâtés au ragondin, sa bouteille de gnôle et son vieux *Bottin mondain* tout graisseux d'avoir été tant tripoté. Et puis le cellier, la cave, les dépendances, la sellerie, le pavillon de chasse et l'ancien chemin de ronde.

Simon s'émerveillait de l'ingéniosité des architectes et autres experts en fortifications. Lola herborisait.

J'étais assise sur un banc de pierre et je les observais tous les trois.

Mes frères accoudés au-dessus des douves... Simon devait regretter sa dernière merveille télécommandée... Ah, si seulement Sisseul Deubeulyou était là... Vincent devait lire dans ses pensées, car il a précisé :

– Oublie tes bateaux... Y a des carpes monstrueuses là-dedans... Elles te les boufferaient en moins de deux...

– Vraiment ?

Silence rêveur à caresser le lichen des rambardes...

– Au contraire, finit par murmurer notre capitaine Achab, ce serait beaucoup plus drôle... Il faudrait que je revienne avec Léo... Laisser de gros poiscailles gober ces joujoux auxquels il n'a jamais eu le droit de toucher, c'est ce qui pourrait nous arriver de mieux à tous les deux...

Je n'ai pas entendu la suite mais j'ai vu qu'ils se claquaient les paumes comme s'ils venaient de conclure une belle affaire.

Et ma Lola à genoux, dessinant au milieu des marguerites et des pois de senteur... Le dos de ma sœur, son grand chapeau, les papillons blancs qui s'y risquaient, ses cheveux retenus dans un pinceau, sa nuque, ses bras qu'un récent divorce avait décharnés et le bas de son tee-shirt sur lequel elle tirait pour estomper ses couleurs. Cette palette de coton blanc qu'elle aquarellait peu à peu...

Jamais je n'ai tant regretté mon appareil photo.

On va mettre ça sur le compte de la fatigue mais je me suis surprise à patauger dans la guimauve. Grosse bouffée de tendresse pour ces trois-là et intuition que nous étions en train de vivre nos dernières tartines d'enfance...

Depuis presque trente ans qu'ils me faisaient la vie belle... Qu'allais-je devenir sans eux? Et quand la vie finirait-elle par nous séparer?

Puisque c'est ainsi. Puisque le temps sépare ceux qui s'aiment et que rien ne dure.

Ce que nous vivions là, et nous en étions conscients tous les quatre, c'était un peu de rab. Un sursis, une parenthèse, un moment de grâce. Quelques heures volées aux autres...

Pendant combien de temps aurions-nous l'énergie de nous arracher ainsi du quotidien pour faire le mur? Combien de permissions la vie nous accorderait-elle encore? Combien de pieds de nez? Combien de petites grattes? Quand allions-nous nous perdre et comment les liens se distendraient-ils?

Encore combien d'années avant d'être vieux?

Et je sais que nous en étions tous conscients. Je nous connais bien.

La pudeur nous empêchait d'en parler, mais à ce moment précis de nos chemins, nous le savions.

Que nous vivions au pied de ce château en ruine la fin d'une époque et que l'heure de la mue approchait. Que cette complicité, cette tendresse, cet amour un peu rugueux, il fallait s'en défaire. Il fallait s'en détacher. Ouvrir la paume et grandir enfin.

Il fallait que les Dalton, eux aussi, partent chacun de leur côté dans le soleil couchant...

Bécasse comme je suis, j'en étais presque arrivée à me faire pleurer toute seule quand j'ai vu quelque chose au bout du chemin...

Mais qu'est-ce que c'était que ce truc?

Je me suis mise debout en plissant les yeux.

Un animal, une petite bestiole avançait péniblement dans ma direction.

Était-il blessé? Qu'est-ce que c'était?

Un renard?

Un renard avec son flacon d'urine envoyé par Carine?

Un lapin?

C'était un chien.

C'était incroyable.

C'était le chien que j'avais vu hier en voiture et qui s'était dissous dans le pare-brise arrière...

C'était le chien dont j'avais croisé le regard à une centaine de kilomètres d'ici.

Non. Ça ne pouvait pas être lui... Mais si pourtant...

Eh, mais j'allais passer dans « Trente Millions d'amis », moi!

Je me suis accroupie en lui tendant la main. Il n'avait même plus la force de remuer la queue. Il a encore fait trois pas et s'est écroulé dans mes jambes.

Je suis restée immobile pendant quelques secondes. J'avais les boules.
Un chien était venu mourir à mes pieds.

Mais non, il a fini par gémir péniblement en essayant de se lécher une patte. Il saignait.

Lola est arrivée, elle a dit :
— Mais d'où il sort ce chien ?
J'ai relevé la tête vers elle et lui ai répondu d'une voix blême :
— J'hallucine.

Nous étions maintenant tous les quatre à ses petits soins. Vincent était parti lui chercher de l'eau, Lola lui préparait un frichti et Simon avait volé un coussin dans le petit salon jaune.
Il a bu comme un trou et s'est affalé dans la poussière. Nous l'avons transporté à l'ombre.

C'était dément comme histoire.

Nous avons préparé de quoi pique-
niquer et sommes descendus à la
rivière.
J'avais la gorge serrée en pensant
que le chien serait probablement cané
quand nous remonterions. Mais
enfin... Il avait choisi un bel endroit...
Et des super pleureuses

Les garçons ont calé les bouteilles
dans des pierres au bord de l'eau pendant que nous étalions une couverture.
Nous nous sommes assis et Vincent
a dit :
– Tiens, le revoilà...
Le chien s'était de nouveau traîné
jusqu'à moi. Il s'est enroulé contre ma
cuisse et s'est rendormi aussitôt.

– Je crois qu'il essaie de te faire comprendre quelque chose, a dit Simon.
Ils riaient tous les trois en se moquant
de moi :

– Hé, Garance, ne fais pas cette tête ! Il t'aime, c'est tout. Allez… Cheese… Ce n'est pas si grave.

– Mais qu'est-ce que vous voulez que je fasse d'un clébard ?! Vous me voyez avec un chien dans mon studio minuscule au sixième étage ?

– Tu n'y peux rien, a dit Lola, souviens-toi de ton horoscope… Tu es dominée par Vénus en Lion et il faut te faire une raison. C'est la grande rencontre à laquelle tu devais te préparer. Je t'avais prévenue pourtant…

Ils se marraient de plus belle.

– Vois ça comme un signe du destin, fit Simon, ce chien arrive pour te sauver…

– … pour que tu mènes une vie plus saine, plus équilibrée, a renchéri Lola.

– … que tu te lèves le matin pour l'emmener pisser, ajouta Simon, que tu t'achètes un jogging et que tu prennes le vert tous les week-ends.

– Pour que tu aies des horaires, pour que tu te sentes responsable, opina Vincent.

J'étais effondrée.

– Pas le jogging, merde…

Vincent qui débouchait une bouteille a fini par dire :

– Il est mignon en plus…

Hélas, j'étais d'accord. Pelé, mité, miteux, croûteux, corniaud et loqueteux, mais… mignon.

– Avec tout ce qu'il a fait pour te retrouver, tu n'aurais pas le cœur de l'abandonner, j'espère ?

Je me suis penchée pour le regarder. Il puait un peu quand même…

– Tu vas le mettre à la SPA ?

– Hé… Pourquoi moi ? On l'a trouvé ensemble, je vous signale !

– Regarde ! s'est exclamée Lola, il te sourit !

Feuque. C'était vrai. Il s'était retourné et agitait mollement la queue en levant les yeux dans ma direction.

Oh… Pourquoi ? Pourquoi moi ? Et est-ce qu'il tiendrait dans le panier de mon biclou ? Et puis la concierge qui avait déjà tant de ressentiments…

Et ça mange quoi?

Et ça vit combien d'années?

Et le petit pochon pour ramasser les crottes alors? La laisse autobloquante, les conversations débiles avec tous les voisins qui lèvent la patte après le film et les distributeurs à Toutounet?

Seigneur...

Le petit bourgueil était bien frais. Nous avons rongé des rillons, mordu dans des tartines de rillettes épaisses comme un édredon, savouré des tomates tièdes et sucrées, des pyramides de chèvre grises et des poires du verger.

Nous étions bien. Il y avait le glouglou de l'eau, le bruit du vent dans les arbres et le bavardage des oiseaux. Le soleil jouait avec la rivière, crépitant par ici, se sauvant par là, torpillant les nuages et courant sur les berges. Mon chien rêvait du bitume de Paname en grognant de bonheur et les mouches nous embêtaient.

Nous avons parlé des mêmes choses qu'à dix ans, qu'à quinze ou qu'à vingt ans, c'est-à-dire des livres que nous avions lus, des films que nous avions vus, des musiques que nous avions entendues et des sites que nous avions découverts. De Gallica, de tous ces nouveaux trésors en ligne, des musiciens qui nous épataient, de ces billets de train, de concert ou d'excuse que nous rêvions de nous offrir, des expos que nous allions forcément rater, de nos amis, des amis de nos amis et des histoires d'amour que nous avions – ou pas – vécues. Souvent pas d'ailleurs, et c'est là que nous étions les meilleurs. Pour les raconter, j'entends. Allongés dans l'herbe, assaillis, bécotés par toutes sortes de petites bestioles, nous nous moquions de nous-mêmes en attrapant des fous rires et des coups de soleil.

Et puis nous avons parlé de nos parents. Comme toujours. De Maman et de Pop. De leurs nouvelles vies. De leurs amours à eux et de notre avenir à nous. Bref, de ces quelques bricoles et de ces quelques gens qui remplissaient nos vies.

Ce n'était pas grand-chose ni grand monde et pourtant... c'était infini.

Simon et Lola nous ont raconté leurs enfants. Leurs progrès, leurs bêtises et les phrases qu'ils auraient dû noter quelque part avant de les oublier. Vincent a longuement évoqué sa musique, fallait-il continuer? Où? Comment? Avec qui? Et en se permettant quels espoirs? Et je leur ai annoncé un nouveau coloc' qui, oui, avait des papiers, celui-là, de mon boulot, de mes difficultés à me concevoir comme un bon juge. Tant d'années d'études et si peu de confiance au bout, c'était troublant.

Est-ce que je n'avais pas loupé un aiguillage? Où est-ce que ça avait merdé? Et quelqu'un m'attendait-il quelque part? Les trois autres m'ont encouragée, m'ont secouée un peu et j'ai fait semblant d'acquiescer à leur bienveillance.

D'ailleurs nous nous sommes tous secoués et nous avons tous fait semblant d'acquiescer.

Parce que la vie, quand même, c'était un peu du bluff, non?

Ce tapis trop court et ces jetons manquants. Ces mains trop faibles qui nous empêchent toujours de suivre... Nous en convenions bien tous les quatre, avec nos grands rêves et nos loyers à payer le 5 de chaque mois.

Du coup, nous avons ouvert une autre bouteille pour nous donner du courage!

Vincent nous a fait rire en nous racontant ses derniers déboires sentimentaux :

– Attendez, mais mettez-vous à ma place! Une fille que je piste pendant deux mois, que j'attends pendant six heures devant sa fac, que j'emmène trois fois au restau, que je raccompagne vingt fois jusqu'à son foyer à Tataouine-les-Bains et que j'invite à l'opéra à cent dix boules la place! Merde!

– Et il ne s'est toujours rien passé entre vous?

– Rien. Nada. Que pouic. Alors merde quand même! Deux cent vingt euros! Vous imaginez tous les disques que j'aurais pu m'offrir avec ça?

– Tu me diras, un mec qui fait ce genre de calculs minables, je la comprends... persifla Lola.

– Mais tu... tu as essayé de l'embrasser? demandai-je ingénue.

– Non. Je n'ai pas osé. C'est ça qui est con...

Gausserie des grands soirs.

– Je sais. Je suis timide, c'est bête...

– Elle s'appelle comment?

– Eva.

– Elle est de quelle nationalité?

– J'sais pas. Elle me l'a dit pourtant, mais je n'ai pas compris...

– Je vois... Et euh... Tu sens que t'as une ouverture quand même?

– C'est difficile à dire... Mais elle m'a montré des photos de sa mère...

Trop c'était trop.

Nous nous roulions dans l'herbe pendant que Don Juan ratait ses ricochets.

– Oh… suppliai-je, tu me le donnes celui-là?

Lola arracha une page de son carnet de croquis et me la tendit en levant les yeux au ciel.

Elle, elle avait su voir la grande noblesse de mon héroïque ratier alangui au soleil. Le seul mâle, quand j'y pense, qui m'ait jamais couru après avec tant de constance…

Le dessin suivant était une très jolie vue du château.

– Depuis le jardin anglais… précisa Vincent.

– Nous devrions l'envoyer à Pop et lui écrire un petit mot, proposa sœur Lola.

(Notre Pop n'avait pas de téléphone portable.) (Note bien, il n'avait jamais eu de téléphone fixe non plus…)

Comme toutes les autres et depuis toujours, c'était une bonne idée, et comme toujours et pour perpète, nous nous rangeâmes derrière le panache blanc de notre aînée.

On aurait dit le fond du car à la fin d'une colo. Feuille et stylo passèrent de main en main. Pensées, bonjours, tendresse, bêtises, petits cœurs et gros bisous avec.

Le hic – mais ça, c'était pas la faute de not' Pop, c'était celle de Mai 68 – c'est qu'on ne savait pas exactement où l'envoyer, notre lettre.

– Je crois qu'il est sur un chantier naval à Brighton...

– Pas du tout, plaisanta Vincent, il fait trop froid là-bas! C'est qu'il a ses rhumatismes, pépé, maintenant! Il est à Valence avec Richard Lodge.

– Tu es sûr? m'étonnai-je, la dernière fois que je l'ai eu, il allait à Marseille...

– ...

– Bon, a tranché Lola, je la garde dans mon sac en attendant et le premier qui a une piste fait passer l'info.

Silence.

Mais Vincent égrena quelques accords pour que nous ne l'entendions pas.

Dans un sac…
Tous ces baisers que l'on étouffait encore. Tous ces cœurs enfermés avec des clefs et des chéquiers.
Sous les pavés, rien du tout.

Heureusement que j'avais mon chien! Il était couvert de puces et se léchait consciencieusement les roubignolles.

– Pourquoi tu souris, Garance? me lança Simon pour couvrir le blues.

– Rien. J'ai juste trop de chance…

Ma sœur a ressorti ses couleurs, les garçons se sont baignés et moi j'ai observé mon chéri qui ressuscitait au fur et à mesure que je lui donnais des morceaux de pain recouverts de rillettes.

Il recrachait le pain ce saligaud.

– Comment tu vas l'appeler?
– Je ne sais pas.

C'est Lola qui a donné le coup d'envoi du départ. Elle ne voulait pas être en retard à cause de la passation des enfants et déjà nous la sentions fébrile. Plus que fébrile d'ailleurs, inquiète, friable, souriant tout de travers.

Vincent m'a rendu l'iPod qu'il m'avait taxé depuis des mois :
– Tiens, depuis le temps que je te l'avais promise, cette compil…
– Oh, merci! Tu as mis tout ce que j'aime?
– Non. Pas tout bien sûr. Mais tu verras, elle est bien…
Nous nous sommes embrassés en nous lançant des petites vannes idiotes pour faire court puis sommes allés nous enfermer dans la voiture. Simon a franchi les douves avant de ralentir. Je me suis penchée par la fenêtre en criant :

– Hé! Joli Cœur!

– Quoi?

– Moi aussi j'ai un cadeau pour toi!

– Qu'est-ce que c'est?

– Eva.

– Quoi Eva?

– Elle arrive après-demain par l'auto-car de Tours.

Il courait vers nous.

– Hein? Qu'est-ce que c'est que ces conneries…?

– Ce n'est pas des conneries. On l'a appelée tout à l'heure pendant que tu te baignais.

– Menteuses… (Il était tout blanc.) Comment vous avez eu son numéro d'abord?

– On a regardé dans le répertoire de ton portable…

– C'est pas vrai.

– Tu as raison. Ce n'est pas vrai. Mais va quand même à l'arrêt de bus au cas où.

Il était tout rouge.

– Mais qu'est-ce que vous lui avez raconté?

– Que tu vivais dans un grand château et que tu lui avais composé un
magnifique solo et qu'il fallait qu'elle
l'entende parce que tu allais lui jouer
dans une chapelle et que ce serait super
romantitchno…

– De quoi?

– C'est du serbo-croate.

– Je ne vous crois pas.

– Tant pis pour toi. C'est Nono qui
s'en occupera…

– C'est vrai, Simon?

– Je n'en sais rien mais connaissant
ces deux harpies tout est possible…

Il était tout rose.

– Sérieux? Elle arrive après-demain?

Simon avait redémarré.

– Par l'autocar de dix-huit heures
quarante! a précisé Lola.

– En face de chez Pidoule! ai-je hurlé
par-dessus son épaule.

Quand il a eu complètement disparu
du rétroviseur, Simon a dit :

– Garance?

– Quoi?

– Pidou-neu.

– Ah oui, pardon. Regarde, c'est l'autre obsédé... Écrase-le!

Nous attendions d'être sur l'autoroute pour écouter le cadeau de Vincent.

Lola s'est enfin décidée à demander à Simon s'il était heureux.

– Tu me demandes ça à cause de Carine?

– Un peu...

– Vous savez... Elle est bien plus gentille à la maison... C'est quand vous êtes là qu'elle est pénible. Je crois qu'elle est jalouse... Elle a peur de vous. Elle croit que je vous aime plus qu'elle et... et puis vous représentez tout ce qu'elle n'est pas. C'est votre côté fofolles qui la déconcerte. Votre côté demoiselles de Rochefort... Je crois qu'elle est complexée. Elle a l'impression que la vie, pour vous, est comme une grande cour de récré et que vous êtes toujours ces lycéennes si populaires qui la chambraient autrefois parce qu'elle était première de la classe. Ces filles belles, inséparables, rigolotes, et admirées en secret.

– Si elle savait... fit Lola en s'appuyant contre la vitre.

– Mais elle ne sait pas justement. À côté de vous, elle se sent complètement larguée. C'est vrai qu'elle est pénible quelquefois, mais heureusement que je l'ai... Elle me booste, elle me pousse en avant, elle m'oblige à bouger. Sans elle, je serais encore dans mes courbes et mes équations, c'est sûr. Sans elle, je serais dans une chambre de bonne à potasser de la mécanique quantique !

Il s'était tu.

– Et puis elle m'a fait deux beaux cadeaux quand même...

Sitôt la guitoune du péage franchie, j'ai enquillé la zique dans l'autoradio.

Alors, mon petit gars... Qu'est-ce que tu nous as concocté là ?

Sourires confiants. Simon a tiré sur sa ceinture pour laisser de la place aux musiciens, Lola a abaissé son dossier et j'en ai profité pour venir me caler contre son épaule.

Marvin en Monsieur Loyal : *Here my Dear... This album is dedicated to you...* Une version débridée du *Pata Pata* de Miriam Makeba pour nous délier les jointures, le *Hungry Heart* du Boss parce que celui-là, ça faisait quinze ans qu'il nous remuait le popotin et, plus loin dans la liste, *The River* pour le nourrir, ce cœur affamé. Le *Beat It* de feu Bambi à fond les manettes histoire de slalomer entre les bandes blanches, *Friday I'm in Love* des Cure pour – pardon, je baisse le son – saluer ce beau week-end, les *Common People* racontés par Pulp et qui nous avaient appris plus d'anglais que tous nos profs réunis. Boby Lapointe déplorant *t'es plus jolie que jamais... sauf le cœur. Ton cœur n'a plus la chaleur que j'aimais...* Sa maman des poissons et celle d'Eddy Mitchell, *m'man, j'viens tout juste d'avoir mes quatorze ans... J'te promets, j'te gagnerai plein d'argent...* Une sublime version de *I Will Survive* des Musica Nuda et une autre, toute fêlée, de *My Funny Valentine* par Angela McCluskey. De la même, un *Don't Explain* à vous faire chialer le plus queutard des coureurs... Christophe dans son gilet de satin, *c'était la dolce vita...* Le violon de Yo-Yo Ma pour Ennio Morricone et ses jésuites, Voulzy qui se barre à Grimaud et Dylan qui répète à l'envie *I want you* à deux sœurs presque vierges. *Zaza, tu pues mais j't'aime quand même...* et moi qu'est-ce que je donnerais pour sauter sur les genoux de Thomas Fersen... et sa valise aussi... *Allons où le destin nous mène, Germaine, allons à notre guise... Love me or leave me*, implore Nina Simone pendant que je surprends ma Lola en train de se frotter le nez... Ttt tt... Vincent n'aime pas voir sa sœur triste et lui balance les flûtiaux de Goldman pour la requinquer... *Ainsi fait l'amour et l'on n'y peut rien*... Montand en souvenir de Paulette et Bashung en souvenir de Bashung... *D'heure en heure l'apiculteur se meurt*... *La Mariée* de Patachou et *Le Petit Bal perdu* du faux ingénu, Björk qui hurle que c'est trop calme, le *Nisi Dominus* de Vivaldi pour faire plaisir à Camille et la chanson de Neil Hannon que Mathilde aimait tant. Kathleen Ferrier pour Mahler, Glenn Gould pour Bach et Rostro pour la paix. La chanson douce d'Henri Salvador, celle-là même que nous chantait notre maman, et qu'en suçant nos pouces, nous écoutions nous endormant. Dalida, *il venait d'avoil dix-houit ans, il était bôôô comme un enfant*... La BO de *Pas sur la bouche*, ce film qui m'avait sauvé la vie à un moment où je n'en voulais plus. Une petite page de météo, à la pluie sur Nantes de Barbara, Luis Mariano yodle son soleil de Mexico, Pyeng Threadgill répète *Close to me* et je me dis que c'est exactement ça, mes chéris... L'élégance de Cole Porter sublimée par celle d'Ella Fitzgerald et Cindy Lauper pour faire contraste. *Oh daddy! les filles, elles just wanna to have fun!*, je hurle en secouant mon chien comme un machin des pom-pom girls pendant que toutes ses puces dansent la macarena.

Et des tas d'autres encore... Des tas de mégaoctets de bonheur.

Des clins d'œil, des souvenirs, des slows ratés en souvenir de soirées pourries, *miousic wâse maille feurst love* (for connoisseurs only), du klezmer, de la Motown, de la guinguette, du grégorien, une fanfare ou de grandes orgues, et soudain, alors que la voiture picolait et que la pompe s'affolait, Ferré et Aragon qui s'étonnent : *Est-ce ainsi que les hommes vivent?*

Plus les titres défilaient, plus j'avais du mal à contenir mes larmes. Bon d'accord, je le redis, j'étais fatiguée, mais je sentais la boule qui grossissait, qui grossissait dans ma gorge.

Tout ça, c'était trop d'émotions d'un coup. Mon Simon, ma Lola, mon Vincent, mon Jalucine sur les genoux et toutes ces musiques qui m'aidaient à vivre depuis si longtemps...

Il fallait que je me mouche.

Quand la machine s'est tue, j'ai cru que ça irait mieux, mais ce salaud de Vincent s'est mis à parler dans les baffles :

« Voilà. C'est fini ma Rance. Bon ben j'espère que je n'ai rien oublié... Attends, si, un petit dernier pour la route... »

C'était la reprise de l'*Hallelujah* de Leonard Cohen par Jeff Buckley.

Aux premières notes de guitare, je me suis mordu les lèvres et j'ai fixé le plafonnier pour ravaler mes larmes.

Simon a bougé le rétroviseur pour m'y coincer :

– Ça va ? Tu es triste ?

– Non, j'ai répondu en me fissurant de partout, je suis sup... super heureuse.

Nous avons passé la fin du trajet sans échanger la moindre parole. À nous rembobiner le film et à songer au lendemain.

Fin de la récréation. La cloche allait sonner. En rang deux par deux.

Silence, s'il vous plaît.

Silence j'ai dit !

Nous avons déposé Lola Porte d'Orléans et Simon m'a raccompagnée jusqu'en bas de chez moi.

Au moment où il allait partir, j'ai posé ma main sur son bras :

– Attends, j'en ai pour deux minutes…

J'ai couru chez Monsieur Rachid.

– Tiens, je lui ai dit en lui tendant un paquet de riz, n'oublie pas les commissions quand même…

Il a souri.

Il a gardé son bras levé longtemps et quand il a disparu au coin de la rue, je suis retournée chez mon épicier préféré acheter des croquettes et une boîte de Canigou.

– Garance, ji ti priviens, si ton chien il pisse encor'ine fois sir mes zôbirgines, ji ti l'ipile aussi !

CE 270ᵉ TITRE
DU DILETTANTE
A ÉTÉ ACHEVÉ D'IMPRIMER
À 299 999 EXEMPLAIRES LE 27 JUILLET 2009
PAR L'IMPRIMERIE FLOCH À MAYENNE (MAYENNE).

DÉPÔT LÉGAL : 3ᵉ TRIMESTRE 2009
(74257)
Imprimé en France